綾月ミル
#有名ダンジョン配信者
#登録者1000万人
#スキル《剣聖》
「くおおおおおおっ！」
俺は絶叫をあげ、
腰に掲げていた剣を
右手に取る。
霧島筑紫
#冴えない陰キャ探索者
#スキル《ルール無視》

炎属性、最上級魔法――
プロミネンス・エクスプロージョン

その瞬間、天から舞い降りてきた
一筋の火柱がシヴァーナたちを飲み込み——
その瞬間、すさまじい大爆発を発生させた

CONTENTS

I saved a famous streamer who forgot to turn off the dungeon stream, and I started getting buzz as a legendary explorer.

ダンジョン配信を切り忘れた有名配信者を助けたら、伝説の探索者としてバズりはじめた

～陰キャの俺、謎スキルだと思っていた《ルール無視》でうっかり無双～

どまどま

illust もきゅ

第一話　学校一の陰キャ、いじめに遭い続ける

霧島筑紫《きりしまつくし》。十七歳。

ここ月島高等学校で、俺の名前を知らない生徒はほとんどいないだろう。

貧相な身体つき。明らかに非モテだとわかる顔。対人経験の浅さゆえの、挙動不審とも思える言動や仕草。

しかもよっぽど陰湿な雰囲気があるのか、同じ二年生にはもちろん、一年生にさえ蔑まれている始末。男には暴力を振るわれ、そして女には陰口を叩かれる。そんな日々がもう長いこと続いている。

だからこの高校で、俺の名前を知らない生徒はほぼいないだろう。今日も今日とて、俺は大勢の生徒たちを前に、大胆にいじめられているのだから。

「おらよ、もう一発！」

「くうっ……！」

右肩に強烈なパンチを見舞われ、俺は思わずその場にうずくまってしまう。

「あっはははははは！　たった一発で倒れてやんの‼　なっさけねーな！」

「よえー！　クソザコじゃん‼」

「クスクスクス……」

同クラスの郷山《ごうやま》が高らかに笑うと、それにつられるようにして、周囲の生徒たちも馬鹿にしたような視線を注いでくる。

右肩《ここ》は昨日も殴られ続けた箇所だ。

痛みも引かぬままにまた殴打されてしまっては、さすがに片膝をつかざるをえなかった。

――郷山健斗《けんと》。

俺を徹底的にいたぶってくるこいつは、もちろん、俺とは違って圧倒的な陽キャ。

学業成績はそこそこながらも、所属しているサッカー部では大きな成績を収めているようだし、そして何よりもイケメンだ。交友関係はかなり広いし、多くの女子生徒とも派手に遊んでいると聞いたことがある。

対する俺は、学業も底辺、部活にも所属していない、そして自他ともに認める不細工。

いじめの標的となりうるのも、自然っちゃ自然のことだった。

もちろん……初めは怒る気持ちもあった。

俺だって人間だからな。馬鹿にされれば当然ムカつくし、反論の一つや二つくらい言いたくなる。

けれど、それは全部無駄だと悟った。

いくら理屈で正しいことを言っても、そんなものは一切関係ないのだ。多少無理のある意見でも、カースト上位の奴が言うだけで正論に思われてしまう。逆に俺みたいな最底辺の人間がなにを言ったとしても、その内容にかかわらずまったく聞き入れてもらえない。

だから――抵抗してもなんの意味もない。

ただただこうして、殴られ続けるに留める。それが一番賢い選択であると、俺は身をもって学んだのだ。

「おい霧島、なんか言えよ」

俺の前髪を掴み上げながら、郷山が顔を近づけてくる。

「土下座して謝罪さえすりゃあ、今回は見逃してやってもいいぜ？　許してください郷山様……ってな！　はははははははは‼」

「………………」

俺はなにも悪いことをしていないのに、なにを謝る必要があるのか。

そういう《正論》は、ここでは通用しない。いかに突拍子もない発言であったとしても、郷山がそれを発せば正しいことになるのだから。

「……許してください、郷山様」

すべてのプライドをかなぐり捨てて、俺は両手のひらを地面につけ、額を頭にこすりつける。

視界がうっすら滲んできてしまっているが、ここで泣くことだけは絶対に避けたかった。みっともないいじめられっ子である俺の、ささやかな抵抗とでもいうべきか。

「あっはっはっはっは‼　マジかよ！　マジで土下座してやがる！　だっせぇ～‼」

「はははははははは……！」

「うっわ、ほんとキモ」

……本音を言えば、こんなクソみたいな学校、今すぐに辞めてやりたい。

面倒事に関わりたくないのか、教師も見てみぬフリをしているしな。毎日のように罵詈雑言を浴びせ続けられては、俺のメンタルがもたない。

でもそんな時、いつも女手一人で育ててくれた母親の顔が浮かぶんだ。

父が他界してしまってから、うちの家計は著しく逼迫してしまった。ぶっちゃけてしまえば、俺が高校生活を満喫する余裕なんて全然ないだろう。

それでもせめて――高校だけは出してあげたい。

母はそう言って、二つの仕事を同時にこなしてくれている。毎日眠そうにしながらも、一生懸命に弁当を作ってくれている姿を……俺は知っている。

だから、退学するわけにはいかなかった。

これ以上、母を悲しませるわけにはいかなかったんだ。

「ひゃはははははは！　おまえの土下座に免じて、今日は許してやるよ！　寛大な俺様に感謝するんだな‼」

そう言って最後に俺の胸部を押しのけると、郷山は自分の席につくのだった。

第二話 陰キャ、ダンジョンに潜る

――ダンジョン。

それは世界の各所に突如現れた洞窟のようなものだ。

科学では到底説明しきれない魔物がいて、魔法があって、アイテムがあって……。

当初こそ人々はダンジョンの出現に恐怖を感じたものだが、この異空間の仕組みが理解されるにつれて、そのパニックは薄れていった。

第一に、魔物はダンジョン外には出ない。

第二に、このダンジョンに入った時だけ、人間も同じく異能を手に入れる。

第三に、ダンジョン内は貴重な資源で溢れ返っているということ。

延々とエネルギーを発し続ける魔石や、治療困難な病気さえ立ちどころに治してみせた治癒石などがその最たる例だ。

豊富な資源が眠っていることが知られてからは、多くの人々がダンジョンに潜り始めた。価値の高いアイテムを持って帰れば、それだけ高値で売ることができるからだ。

日本政府もまた、そうした挑戦者の登場を積極的に支援している。珍しい資源を得られれば、それだけ国力の強化に繋がるからな。最近でいえば、今までほぼ外国頼りだった鉱物資源を、ある程度は自国で賄えるようになったというニュースを聞いたことがある。

そうした背景もあってか、日本政府は年々、探索者支援に対する予算を増やしていくようになり――。

有益なアイテムを高額で買い取ったり、ダンジョン探索に不可欠な武器防具などを提供したり、また「ダンジョン運営省」を設立したりなど。

探索者がよりのびのびと活動できるように、各方面での調整を行ってくれている。

そんなこんなで、世界中にダンジョンが一斉登場してから三十年。

もちろん法整備などはまだ完全には整っていないが、全国に三千ほど存在するダンジョンは、もはやコンビニや飲食店と同じように――完全に風景と化し始めていた。

が、誰も彼もがダンジョンに入れるわけではない。

初めてダンジョンに足を踏み入れた時、誰しもが《スキル》を授かることになる。

たとえば《攻撃力アップ（小）》であれば、攻撃力が微増する能力を。

たとえば《俊敏性向上（小）》であれば、少しだけ速く走れるようになる能力を。

それぞれ授かることができるわけだ。

そのだいたいは《外れスキル》であるため、弱いスキルを授かってしまえばダンジョン探索は夢のまた夢。スキルなくしてモンスターに遭遇するのは危険極まりないため、ある程度強いスキルを持った者だけが、ダンジョンに挑戦することができるわけだ。

郷山がああやって学校で幅を利かせていられるのも、実はあいつが強いスキルを持っていることに起因する。

たしかあいつの所有スキルは《攻撃力アップ（特大）》――。

大型モンスターでさえ簡単にぶっ飛ばせるほどの攻撃力を得られるため、まだ高校生ながらも数々の魔物を撃破してきたと聞いている。たしかこの前は、有名なダンジョン配信者とコラボして、その実力を世に知らしめたのだとか。

だから、郷山を慕っている人間は、月島高校だけにいるわけじゃない。

全国の人間があいつを尊敬してしまっている以上、俺ごときの意見はまるで通らないのも道理だった。

ちなみに俺の所持するスキルは《ルール無視》といったもの。

まるで意味がわからないスキルだし、実際に使ってみても何も起こらない。ダンジョン内でスキルを発動する際には、スキル名を唱えるか、もしくはそう念じればいいだけなんだけどな。それでも目ぼしい変化は訪れず、俺のなかでは《外れスキル》と化していた。

もちろん、俺も自分なりにネットで色々調べてみた。

しかしいくら検索してもまるで欲しい情報に辿り着けず、正直なところ困り果てているのが実情だ。俺以外に《ルール無視》を授かった人間が誰もいないのか、もしくは恥ずかしくて情報をあげることさえ躊躇っているのか。おそらくは後者だけどな。

「ふう……」

いずれにせよ、俺の所持スキルは底辺そのもの。

本来はダンジョンに潜れるレベルにすら達していないが、ダンジョンの入口近辺にある薬草は、まとめて売ればそこそこの値段になる。詳しい原理は不明だが、摘んでも摘んでもほぼ半永久的に生えてくるんだよな。

家計の苦しい霧島家にとって、その収入は非常に貴重なもの。

少しでも母さんの生活を楽にできるように、俺は今日も近所のダンジョンに潜り、いそいそと薬草の採取に勤しんでいた。入口なので他の探索者たちがたまに通りかかるが、もちろん恥ずかしいので、岩陰に隠れるようにして薬草を摘んでいる。

……それにしても、なんだか不可思議な話だよな。

こんな絶好の穴場なのに、誰も薬草を摘みにこないなんて。

一時間くらい摘み続けていれば千三百円くらい稼げるので、適当なところでアルバイトするよりもよっぽど儲かるんだけどな。ダンジョン奥にはよっぽど金の成る木があるのか、もしくは誰も気づいていないのか。

いや、このネット社会で後者はありえない。

このダンジョンだって過疎ってるわけじゃないしな。

と。

「ゴァァァァァァァァァアアアア‼」

ふいにおぞましい咆哮がダンジョン内に響き渡り、俺は思わず身を竦ませる。

これは……緊急乱入の魔物か。

緊急乱入の魔物――通称《緊急モンスター》と呼ばれるそれは、通常の個体よりはるかに高い戦闘力を有していることで知られている。

たとえばスライムなら初心者でも倒せるザコだが、緊急モンスターのスライムとなると、中級の探索者でも苦戦するほどの強敵になる。

しかしその分、倒した時の報酬はすさまじく――。

高級アイテムが沢山湧き出すことはもちろん、強い武器防具を作るための素材も入手できるんだよな。

またその圧倒的強さゆえに話題性も抜群で、視聴数目当てに配信者が突撃してくることもあるのだとか。

もちろん、それによって命を落としてしまっている事例もあるので、これについては悩ましい問題だよな。今のところはスキル所持者にのみ配布されるライセンスがあって、それさえあればダンジョンに入ることはできる。

しかし自身のレベルがダンジョン攻略に届いていない場合もあるし、こうして緊急モンスターが現れてしまえば、本来は楽に踏破できるはずのダンジョンでも命を落とすこともある。

だからこの緊急モンスターは、日本政府やダンジョン運営省が頭を悩ませている問題と言えた。

とは言ってもまあ……俺には関係のない話だけどな。

緊急モンスターと肩を並べられるのは、掲示板でも頻繁に話題になるような、最上位の探索者だけ。

　俺のように洞窟の入口でちまちま薬草採取をしている外れスキル所持者には……まるで無縁の話といえた。

「ぐう……」

「いててて……」

　案の定というべきか、三十分くらい経った後、四人チームの探索者たちがぼろぼろの姿で帰ってきた。この状況から察するに、やはり緊急モンスターに負けてしまったんだろう。

　ここダンジョンはまるでゲームのような世界だが、紛うことなき現実の世界だ。

　死んだら文字通りあの世逝き。

　現実に帰ってこられることはない。

　なので深追いせずに帰ってくるのも、ダンジョン探索における常識だ。

「おいおい、待てよ……」

　岩陰からその探索者たちの様子を窺っていた俺は、思わず驚きの声を発してしまう。

　あいつらはたしか河崎雄哉《かわざきゆうや》を筆頭とする探索者パーティー……。

　その圧倒的な実績から、掲示板内ではＳ級の探索者として名を馳せていたはずだ。

　難関とされるダンジョンのボスを次々と撃破し、いきなり現れた緊急モンスターさえも何度も打ち破り……。

　まさに上位スキル所持者だけが集まる、言わずと知れた有名パーティーのはず。

掲示板内でも「化け物の集まり」「モンスターなのはこっちのほう」とめちゃめちゃ言われるくらいには強いのに……。

そんな河崎パーティーが、まさか敗退したというのか？

いったいどんな魔物が――この奥に潜んでいるんだ？

「駄目だ駄目だ、そんなことより薬草を集めないと……」

そこまで考えたところで、俺は再び薬草採取に意識を引き戻す。

河崎パーティーの敗退はたしかに気にかかるところではあるが、俺なんかが干渉できるレベルを超えている。余計なことに首突っ込むより、いつも通り薬草の採取に徹しなくては。

そう判断し、地面に生え続ける薬草を摘み続けてから――さらに三十分後。

「はぁ〜〜い！　ここが緊急モンスターの現れたっていうダンジョンですね☆　ちょうど近くにいたんで、すぐ着いちゃいました！」

またしても聞き覚えのある声が響きわたり、俺は再び息を詰まらせるのだった。


――綾月《あやつき》ミル。


ダンジョンを訪れたその女性の名を、俺は嫌というほど知っていた。

実際に会ったことは一度もないが、動画投稿サイトで何度も目にしてきた有名配信者。

登録者はすでに一千万人を超えており、俺でなくとも、日本中の人々が知っていてもおかしくない著名人だ。

掲示板ではA級のランク付けがなされており、彼女の持つ《剣聖》スキルは文字通り強力。

今まで数多くの難敵を倒してきたことを踏まえても、指折りの実力者であることは間違いないだろう。

だが彼女を有名人たらしめている理由はそこではなく、「日常」と「戦闘時」のギャップにある。

普段の綾月ミル――たぶんこれはハンドルネームだろうけど――はとても可愛らしく、俺も何度か動画を見てドキッとしたことがあった。

その可憐な容姿も去ることながら、一挙手一投足が全部可愛いんだよな。

大事なことを言う場面で噛みまくったり、わざわざ地図アプリを使っているのに目的地とはまるで逆方向に進んでいたり……。

それでいて男性の夢をすべて詰め込んだかのようなスタイルをしているので、これで人気が出ないほうがおかしいというもの。

その一方で、探索者として活動しているミルは非常に冷静だ。

歴戦の剣士のような立ち回りで魔物を追い詰め続け、掲示板ではS級にしてもいいのではないかと日夜議論が繰り広げられているほど。

実際にも、Sランクのモンスターを過去に何度も倒してきているんだよな。

探索者としての実力も折り紙つきであり、男性ファンはもちろんのこと、多くの女性ファンも抱えているインフルエンサーの一人だった。

「まさか生でミルを拝める日がくるなんて……！　もしかして近くに住んでるのかな？」

岩陰に隠れながら、俺は知らず知らずのうちにそう呟いてしまう。

正直に言えば、彼女のファンって言えるほどハマってるわけじゃないけどな。それでもやっぱり、有名人を見た時の興奮は抑えきれない。

「さあ、今日は運よく緊急モンスターと戦えそうなんで、生配信をしま〜〜す！　……あ、すごい、もう一万人も来てくれてる‼　ありがとうみんな〜〜！」

自身のカメラデバイスへ手を振りながら、ミルが明るい声を発する。

普通に考えてすごいよな。緊急モンスターってめちゃめちゃ強いのに、配信しながらそいつと戦えるなんて……。強者じゃなければできないことだ。

ちなみにだが、ダンジョン内では基本的に電波が通じるようになっている。探索者の危険を少しでも減らすために、ダンジョン運営省とＳ級探索者とが手を組み、中継アンテナを別途設置してくれているわけだ。

もちろん、なかには中継アンテナが設置されておらず、電波の届かないダンジョンもあるが……このダンジョンに関しては問題なく電波が通じている。

そしてそれに乗じて、ダンジョン探索用のグッズが沢山発売され始めたんだよな。

彼女が持っているカメラデバイスも同様だ。

ダンジョンの地表に漂っている電磁波を利用して、なんと空中に浮かび上がるカメラデバイスを開発したらしい。ダンジョン内には、自在に宙を行き来する鉱物系の魔物《マカリット》が存在するため、その素材を使用することで開発に成功したのだとか。しかもマイクもついているので、まわりの音声も鮮明に拾うことができる。

もちろんスマホだけでも配信自体はできるが、それだと少しやりにくいだろうからな。

だからミルも、それを用いて配信しに来たんだと思うが――。

……ん？　待てよ。

ここの緊急モンスターって、たしか河崎パーティですら勝てなかった魔物じゃなかったか？

それにミルはたった一人で挑もうとしてるってのか？

……無理だ。

河崎パーティーはS級の探索者が四人いたのに対し、ミルはA級探索者、しかも一人。

どう考えても勝てるわけないのは明白だった。

彼女とて実力者なのだから、安易な選択が危険なことはわかりきっているはず。緊急モンスターが自分より強い可能性があることも、下手したら自分が死んでしまうことも……わかっているはずだ。

なのに、どうして……？

そこまで考え続けたところで、俺はふと、いつか読んだネット記事を思い出した。

彼女は元より、無茶な挑戦をしてしまいがちであると。

視聴回数を追い求めるあまり、無謀な行動を取ってしまいがちであると。

だから今回も、危険だとわかっていつつも突撃しようとしているのだろう。

「ま、待ってください！」

気づいた時、俺は立ち上がっていた。

少なくとも一万人には俺の顔を晒してしまうことになるが、もはやそんなことは構っていられない。ここで彼女を見殺しにするほうが寝覚めが悪いだろう。

「ここの緊急モンスターに挑むのは危険です！　せめてパーティーを組んでから来てください‼」

「へ……？」

こちらを振り返ったミルが、やや不審そうな表情で俺を見つめる。

「ご、ごめんなさい。あなたは？」

「い、いえ、通りすがりの高校生です。ミルさんに言うのはおこがましいと思うんですが、さっき、河崎さんのパーティーが逃げ出してるのを見て。このまま突撃するのは危険だと思って……」

「へ……？　河崎さんが……？」

そこで一瞬だけ不安そうな表情を浮かべるミル。

しかし次の瞬間には、いつもスマホの画面で見るような、配信者の表情に戻ってしまっていた。

「やだなぁ君。河崎さんが負けちゃったなんて、そんな嘘ついちゃダメだぞ☆」

「ち、違うんですって。嘘じゃなくてっ、本当に……！」

そこまで言いかけて、俺は思わず咽せてしまう。

──ああ。

今この時ほど、自分自身のコミュ症を呪ったことはない。

もっと説得力のある論調で彼女を止めたいのに、しかしどのように話せば受け入れてもらえるのか……俺では到底わからなかった。

「ふふ、ありがと少年。私もだいぶ覚悟が決まったぞ☆」

そう言いながら可愛らしくウィンクするミル。

年齢的にはたぶん、俺と同じくらいのはずなんだけどな。それでもこうやって少年呼ばわりされるあたり、対等な相手として見られていないのがよくわかる。

「あ～あ～、駄目だよみんな。きっと少年は善意で私を止めてくれてるんだ。そんなに怒らないであげてよ。……あ、ディストリア氏、チケットありがと～♪」

……きっと生配信には、俺の「的外れな意見」に対して誹謗中傷が集まってるんだろうな。

彼女を止めることもできなかったし、日本中に俺のコミュ症を晒しただけで終わってしまった。

明日はきっと、郷山にめっちゃいじられるんだろうな……。

「それじゃ少年、ありがとうね♪」

ミルはそう言ってウィンクすると、俺の制止も虚しくダンジョンの奥に消えてしまった。

その身体が実は小刻みに震えていることに気づいたが、コミュ症の俺には、これ以上なにを言うこともできなかった。

第三話 綾月ミル コメント回

ディストリア：1コメ
　ゆきりあ：2コメ
　　はむ：3コメ
バルフ：ディストリアニキ、安定の1コメ
るーあ：お、緊急配信!?
ペドロ：マジか、緊急モンスターじゃん
ヴァドス：ktkr
リストリア：え、でも一人で戦うの？　危なくね？

ばばばば：一か月でサラリーマンの月収を稼ぐ方法を緊急公開！　今のうちにぜひチェックしてください‼

ゆきりあ：スパム消えろ

グリズリー：おお、久々の生配信！

か：つか一か月でサラリーマンの月収ってなんだよｗｗｗ

バルフ：今日もミルちゃんｐｒｐｒ

ディストリア：やっぱりミルちゃん、今日は少しだけ疲れてしまっているね。でも大丈夫。どんなに沢山の雨が君の心に降り注ごうとも、僕が君の「傘」になってみせるよ。……僕が濡れてしまうのはどうでもいい。君の心さえ、無事であればね。

な：あれ、なんだこいつ。高校生か？

ぱーろむ：まさかの闖入者⁉

ら：まだクソガキじゃん

カーナ：ファッ⁉　河崎がやられた⁉

まーぶる：いやいやいや、そんなわけないだろて

ぱるむ：マジかよ、今回の緊急モンスターそんなに強いのか

るーあ：そんなわけないだろｗｗｗ　騙されんなよおまえら

ぱーぴりおん：ミルちゃんの気を引きたいための嘘だろ、察しろ

るいす：え、ちょ、待て。こいつどっかで見たことあんだけどｗｗｗｗｗｗｗ

まーぶる：典型的なチー牛

ぽすと：ひどいコミュ症だな、まるで俺を見ているようだ

ばばばばば：一か月でサラリーマンの月収を稼ぐ方法を緊急公開！　今のうちにぜひチェックしてください!!

みらい：俺のミルちゃんに近づくなクソガキ

カーナ：消えろゴミ

ゆきりあ：ばばばばば、コメブロ推奨

ぱーろむ：さすがは俺たちのミル、大人の対応だな

るーあ：そりゃ河崎がやられるわけないだろｗ　んなもん俺じゃなくてもわかるからなｗｗｗｗ

はむ：明らかな嘘でも動じない、格の違いがはっきりわかんだね

ディストリア：《50000円》　大丈夫、たとえこの先に待ち受けているのがどんなに恐ろしい緊急モンスターであろうとも、僕の「傘」は簡単には破れない。……ああ、僕はしょせん傘。頑丈なコンクリートでもなければ、とても固い鉄壁でもない。そんな弱い僕でも、ミルを守るためなら世界一強い傘になれるんだ

ばばばばば：一か月でサラリーマンの月収を稼ぐ方法を緊急公開！　今のうちにぜひチェックしてください!!

バルフ：クソスパム、空気読めよ

破壊神：あ、わかったわｗｗｗｗｗ　こいつ月島高校の霧島筑紫だ

ぱーろむ：おい、さすがに本名晒すなよ

みらい：全国に顔晒されるのわかってミルちゃんに声かけたんだろ、自業自得

まーぶる：あーあ、チー牛くんの顔と名前、全国に知られちゃったね

第四話　陰キャの決意

「…………」


ミルを見送ってからというもの、俺は気が気じゃなかった。

いくら考え続けても、彼女が緊急モンスターに勝てる可能性は皆無。

河崎たちは四人チームだったからまだ脱出できただろうが、彼女がひとりで挑むには……明らかに無理のある相手だ。

しかもこういう時に限って、新たな探索者が姿を見せてくれない。

自分より強い人間に彼女の援護を頼もうにも、それさえもできない状況だ。

もちろん、できることなら俺自身が彼女を助けたい。

しかし、それができるほどの実力がないことは……自分が悲しいほどよくわかっている。

「父さん……」

なかばパニックに陥りかけていた時、ふと父親の顔が浮かび上がった。


——

——筑紫。おまえは父さんの血を引いてるんだ。きっと強いスキルを獲得するに違いないぞ
——ん？　なんで父さんがいつも片目閉じてるかって？　はっは、これはな、大事な人を守っ

た証なんだ――
――だから筑紫も、大事な人を守れる人になりなさい。決して自分のことだけを考えているような愚か者になるな――

そう。

生前、父さんは凄腕の探索者としてその名を全国に知らしめていた。

母さんも同じく探索者で、ピンチに陥りかけていた当時の母さんを、その身を挺して助け出した。それが二人の出会いだったらしい。

その父さんが亡くなった理由も……やっぱり人助けだった。

とあるダンジョンを探索していた時、急に大型の魔物が数体現れたんだったか。

当時は父さんと母さん――そして他二人の探索者パーティーだったと聞いている。

ただでさえ強敵との戦闘後で疲弊しきっていた父さん一行は、あまりにも絶望的な状況に、その場にいた誰もが死を覚悟したらしい。

それでも……父さんだけは震える身体で立ち上がったんだ。


――俺が時間を稼ぐ。おまえらはとっとと逃げろ‼――

……このような事件があってから、母さんは探索者を引退した。

自分が最愛の人を見殺しにした。自分に探索者たる資格はない。そしてなにより――自分がまた不慮の事故で死んでしまったら、俺を育てる者がいなくなる。

だからスーパーのパートと早朝の新聞配達を兼任して、懸命にこの歳まで俺を育ててくれたんだ。

母さんは今でも父さんを愛してると思う。

いついかなる時も、誰かのために行動できる男。それが父さんであったと。

その血を引く俺は――ここでミルを見殺しにするのか？　それでいいのか？


「やぁぁぁぁぁあああああああ‼」


突如聞こえてきた悲鳴に、俺は身を竦ませた。

間違いなくミルの絶叫だ。やはり無謀な戦いに挑んでしまったか。

わかってる。

俺が行ったところでなんの意味もなさない。

彼女が逃げる時間の、せいぜい三秒を稼ぐので精一杯かもしれない。

でも、それでもいい。

たった三秒でも稼ぐことができれば、俺も少しは――幼くして亡くなった父の背中に追いつけるかもしれない。

そう決断した俺は、咄嗟に悲鳴のした方向へ駆け出すのだった。

第五話　陰キャぼっち、危機一髪で配信者を助ける

ゆきりあ：あああああああああああ！

バルフ：逃げろ！　早く逃げろ‼

みらい：ミ、ミルちゃん‼

リストリア：そいつは攻撃前の溜め時間が最大の弱点だ‼　機会を窺って逃げろ！

むーヴァ：頼む頼む頼む頼む！　誰かミルちゃんを助けてくれ！

破壊神：え、マジ？　死ぬの？

ゆきりあ：駄目だ、こっちのアドバイスが聞こえてない‼

がす：マジで河崎チームより強かったのかよ……。

リストリア：明らかに格が違うね。俺が助けにいければ……！

バルフ：誰か、誰か！　誰かミルちゃんを助けてくれっ！　じゃないと……!!

みらい：あれ？

ファイド：ん？

リース：誰か来てね？

ゆきりあ：さっきの少年!!

ムーヴァ：来てくれたのか月島君!!

破壊神：いやいや、おまえが来たところで助けられるわけないだろｗｗｗ

ディストリア：少年！　ミルちゃんを頼んだぞ！　今は君だけが、僕らの救世主だ!!

みらい：破壊神って奴黙れ！　素直に応援することもできねえのかよ！

リストリア：待て。月島ってことは、あの人の子どもか……？

バルフ：誰でもいい！　頼むから俺たちのミルちゃんを助けてくれ！

ゆきりあ：同接一万五千もあるじゃねえか……！　このなかに救世主はいないのか⁉

思っていた通りだった。

ミルは大ピンチに陥っていた。

緊急モンスターに対して尻餅をついているばかりでなく、戦いの最中に剣を落としてしまったらしい。肝心の武器がはるか遠くに転がってしまい、もはや戦闘と呼べる状況ではなかった。

そして。

「ゴォォォォアアアアアアアアア‼」

対する魔物のほうは、思わず恐怖心を覚えるほどの見てくれだった。

一言で表現するとすれば、紅《くれない》の巨大龍というべきか。おぞましい漆黒に塗られた両翼に、ぬめぬめと激しく動き回る尻尾。鱗の一つ一つが尖っており、触れるだけでもただでは済まなそうだ。

たしかこいつは――紅龍《こうりゅう》ギルガリアス。

掲示板ではAランクの魔物として知られているが、こいつは通常個体ではなく緊急モンスターだからな。Sランクに分類されるか……もしくはそれをさらに突き抜けるか。仮に河崎チームが勝てなかったとしても、それはなんら不思議なことではなかった。

「グルァァァァァァァァア！」

そしてその紅龍は、今まさに、ミルに向けて獰猛な腕を振り下ろそうとしていた。

対するミルのほうは、恐慌に陥ったまま動く素振りもない。

このままでは――彼女は鋭利な爪に切り裂かれる。

それはもはや火を見るより明らかだった。

「くおおおおおおっ！」

俺は絶叫をあげ、腰に下げていた剣を右手に取る。

いくら薬草採取だけを目的にしているとはいっても、いつどんな危険に遭遇するかわからないからな。護身用に一本だけ、俺は常に剣を携帯するようにしていた。

ガキン‼

俺の剣と紅龍の爪が激突し、周囲にすさまじい衝突音が鳴った。

「くぅうう……‼」

駄目だ。

かろうじて受け止めることには成功したが、そもそもの膂力《りょりょく》が違いすぎる。

このままじゃ押し返され――

戦闘経験につき、新たな《ルール無視》が追加されました。

・薬草リポップ制限時間　無視

★相手の攻撃力　無視

「……え？」

ふと視界に浮かび上がってきた謎の文字列に、俺は心底仰天する。

攻撃力無視？

どうしてこんな文字が浮かび上がってきたのかは謎だが、背に腹は代えられない。

このままじゃ俺はもちろん、背後で尻餅をついているミルでさえ死んでしまう。

――スキル発動！　攻撃力無視‼――


俺が心中でそう唱えた瞬間……なにかが変わった。

さっきまで強烈な勢いで押し込まれていた紅龍の力が、一気に感じられなくなったというべきか。まるで赤子にでも押し込まれているかのごとく、今はたいして力を感じない。

これが攻撃力無視……ということか？

「おおおおおおおっ‼」

絶叫しながら、俺は無我夢中で剣を振り払う。

「グオァァァァァァァアアア‼」

すると驚くべきことに、紅龍は咆哮をあげながら後方に吹き飛んでいくのだった。

「え……？」

いったい何が起こったというのか。

呆気なく吹き飛んでいった紅龍に、俺は思わず素っ頓狂な声をあげる。

相手は河崎たちですら敗退した強敵だぞ？　あのミルでさえ尻餅をついていた化け物だぞ？

なのにあんなにも勢いよく吹っ飛んでいくなんて……明らかに普通じゃない。

さっき発動した《相手の攻撃力　無視》。

これが紅龍を吹き飛ばせた理由なのは間違いないと思うが、しかしこれが名前通りの能力であれば、それこそ外れスキルどころじゃないような……。

「ガァァァァァァァァァァァ！」

「――――っ！」

再び響き渡ってきた紅龍の咆哮に、俺は思わず身を竦ませてしまう。

無事に吹き飛ばせたのはいいが、しかし相手にダメージが通っているわけではなさそうだ。あくまで相手の攻撃力を無視しているだけなので、こっちからの攻撃が通るわけじゃないってことか。

「グルァァァァァァァァァァアアア‼」

紅龍は口を大きく開けると、ブレス攻撃をすべくエネルギーを集め始めた。

あれは――魔法攻撃か。

ダンジョン内の攻撃は、大きく分けて二種類ある。

物理的な攻撃……攻撃力換算でダメージが通る

魔法的な攻撃……魔法攻撃力換算でダメージが通る

さっきは物理攻撃だったゆえに《相手の攻撃力　無視》が効いたのだと思うが、ブレス攻撃だとそうはいかないだろう。紅龍が力を溜めている今が、逃げるための大チャンスだ。

「ミルさん、ブレス攻撃がくる‼　早く起きて！」

幸か不幸か、俺はこれまで数多くのダンジョン配信を視聴し続けてきた身。

深く考えるまでもなく、本能ではっきりと感じられた。

このままでは危険であると。逃げるべきであると。

「は……はい！」

ミルは咄嗟に頷くと、急いだ様子で俺の手を取る。

全国の男たちの憧れの的——綾月ミル。

そんな彼女と手を繋いでいるという感慨を抱いている余裕もなく、俺は急いで壁際に駆け寄る。

ドォォォォォォォォォォオオオオオ‼　と。

そんな俺たちのすぐ近くを、目にも留まらぬ速度でブレスが過ぎ去っていった。

念のため《相手の攻撃力　無視》を発動していたが、残念ながら頬にかすり傷がついてしまっている。やはり魔法攻撃に関しては、この能力では防ぎようがないらしい。

そして。

「あ……」

俺と手を繋いだままのミルが、絶望に染まった表情である一点を見つめている。

——そう。

ここから逃げるための一本通路が、今のブレスによって完全に塞がれてしまったのだ。天井から崩落してきた岩石たちが、俺たちの行く手をこれでもかというほど阻んでいる。

「…………」

となれば、俺たちが生き残る方法はたった一つ。

あの紅龍《ばけもの》を——倒すしかない。

幸いこの戦いは、ミルのダンジョン配信によって大勢の人々が目撃しているはず。時間が経ちさえすれば、いずれ救助者が現れるはずだ。

「あ……あの。ごめんなさい」

俺の沈黙をどう思ったろう。

綾月ミルが、潤んだ瞳で俺に小さく頭を下げてきた。

「私……馬鹿だった。さっき、あなたは私に忠告してくれたのに……。それを守っていれば、こんなことになっていなかったのに……」

「…………」

ああ。

天真爛漫な配信者として知られる彼女だが、きっとこれが素なんだろう。

本当はこの戦いが危険だと理解していて。

それでもきっと……紅龍に挑まないといけない理由があったんだろう。そこまでして視聴数を増やしたい理由が……きっとあるんだろう。

「大丈夫です。だから泣かないでください」

ここで彼女をなじるのは簡単だ。誰でもできることだ。

でも――俺はそんなふうにはなりたくなかった。

それこそ、郷山《あいつら》のようで嫌だったから。

「それに、勝機がまったくないわけじゃありません。もしかしたらこの戦い、勝てるかもしれませんよ」

「へ……？」

ミルが驚いたように目を見開く。

「そ、そういえばさっき、あなたドラゴンを吹き飛ばしてましたよね？　あれはいったいどうやったんです……？」

「俺もびっくりしてるんですけどね。相手の物理攻撃だけなら、無効化できるようです」

「え……!?」

さすがに驚いたのか、目を丸くするミル。

「ほ、本当ですか!?　それめちゃめちゃ強いじゃないですか！」

「はい。俺も驚いてます」

苦笑を浮かべながら、俺は紅龍に目を向ける。

退路を塞いだことで勝利を確信しているのか、紅龍はのっそりとこちらに歩み寄ってきている。焼いて食うかそのまま食うか……俺たちの処理方法まで思案している様子だ。

——それでいい。

油断してくれていたほうが助かる。

「だからミルさんには攻撃役をお願いしたいんです。俺があいつの攻撃を、すべて受け止めますから」

「す、すべて……」

わかってる。

あいつは物理攻撃だけじゃなく、今みたいに魔法攻撃も行える化け物だ。

いくら《相手の攻撃力　無視》があったとしても、まるで油断できる相手ではない。いや……実戦経験の浅い俺ごときでは到底成し遂げられない、無謀な挑戦ともいえるだろう。

でも、それでも逃げるわけにはいかない。

こんなところで弱音を吐いているわけにはいかないんだ。

「……わかりました」

その覚悟を受け止めてくれたんだろう。

ミルはゆっくりと頷くと、遠くにある剣に視線を向けながら呟く。

「では、あそこにある剣を拾ってから攻撃に移りたいと思います。どうか……お互い生きて帰りましょう」

そして一歩踏み出しながら、最後、俺に耳打ちしてきた。

「改めて、さっきの非礼をお許しください。霧島筑紫さん。あなたは……誰よりも勇気ある人です」

「へ……？」

おいおい、なんで俺の名前を知ってるんだ。

名乗った覚えなんかないんだが。

戸惑う俺の気持ちを知ってか知らずか、剣の転がっている方向へと走り出すミルだった。

第六話　学校一の陰キャ、有名配信者と肩を並べる

「グォアアアアアアアアアアアアアア‼」

紅龍のおぞましい咆哮が、ダンジョン内にて激しく響きわたる。

ただ叫んでいるだけなのに、まるで地震でも起きているかのようだ。

周囲が轟音を立てて振動し、天井からは岩壁の欠片と思わしき物体がぱらぱらと舞い降りている。さすがは天下の河崎パーティーを追い出しただけのことはあるな。

だけど――俺も怯んでいる場合じゃない。

俺の役目はあくまで、紅龍の気をミルから逸らすこと。

いくら《ルール無視》スキルで相手の攻撃力を無視できるとしても、こちらからの有効打があるわけじゃない。《剣聖》たるミルの攻撃だけが、唯一の頼れるダメージソースだ。

「ふぅ……」

正直、恐怖心がないわけじゃない。

あいつは物理攻撃だけじゃなく、魔法攻撃も扱える化け物だからな。

俺がそんなものを喰らってしまっては、間違いなく一撃死。遺体すら残ることなく、文字通りこの世から消えることになるだろう。

けれど。

――だから筑紫も、大事な人を守れる人になりなさい。決して自分のことだけを考えているような愚か者になるな――


父の言葉を脳裏に思い浮かべた俺は、勇気を振り絞って紅龍と向き直る。

こちらから攻撃する必要はない。

ただただあいつの注意を俺へ惹きつければいいだけだ。

「ゴォォォォォォオオオオオ‼」

低い唸り声をあげながら、紅龍が右腕をこちらに振り下ろしてくる。

一般人ならば即死級の攻撃だが、しかしさっきの《相手の攻撃力　無視》さえ用いれば――！

ガキン！　と。

俺の掲げた刀身が、紅龍の腕をしっかりと受け止める。

巨大な龍と対するにはあまりにも華奢な剣だが、しかしその剣は壊れる素振りさえ見せない。

「グァ？」

さすがに驚いたのか、紅龍がさらに腕を押し込もうとしてくる。

しかし無駄だ。

スキル《ルール無視》によって相手の攻撃力を無視している以上、いかに力を込めようとも、そのパワーは俺には伝わってこない。

もちろん、それはあくまで俺が感じていないだけ。

紅龍の攻撃力そのものに変化が生じているわけではないので、周囲には相変わらず振動が発生し、天井からは岩壁の欠片が落下している。

「グォオオ……？」

だからきっと理解できないんだろう。

自分がこんなに力を込めているにもかかわらず、なんで俺は微動だにしないのかと。

「ダゴォォォォォォォォォオオ‼」

そして――まさか怯えだしたのだろうか。

紅龍は一際甲高い叫び声を発しながら、その後も続々と殴打を打ち込んでくる。両腕によるパンチはもちろん、長い尻尾を振り払ったり、巨大な足で踏みつけてきたり……。

しかし、それらの攻撃は一貫して物理攻撃。

俺にダメージが入るはずもなく、ただただダンジョン内が荒れるだけだ。

地面のあちこちに亀裂が走り、そこかしこの壁に穴が穿たれ。まるで大嵐が吹き荒れているなかを、俺は苦労もなく佇んでいた。

そしてもうひとつ、俺には嬉しい誤算があった。


――いいか筑紫。おまえは立派な探索者になるんだ。父さんの血を継いでいる以上、いつかはダンジョンに潜りたくなる日がくるだろう――

――だからその時に備えて、剣の使い方を覚えておくんだ――


生前、父さんは何度も俺に剣のいろはを教えてくれた。

もちろん実際の剣じゃなくて、竹刀を用いた稽古だけどな。

男は覚えておいて損はないといった理由から、事あるごとに剣の扱い方を教わったものだ。

当然そこまでガチな指導を受けたわけじゃないし、俺の腕前は父さんに及ぶべくもないだろう。

実際、稽古中はまるで勝負になっていなかったし。

それでも――身体に染みついた動きはなかなか忘れるもんじゃない。

そして紅龍の立ち回りであれば、今まで動画配信サイトで何度も見てきた。

《ルール無視》スキルの効果も手伝ってか、俺は紅龍の動きを逐一把握することができた。どの予備動作がどの攻撃に繋がるのか……的確に把握しつつ、剣で防いでいけるのだ。

おかげで紅龍はすっかり恐慌状態。

綾月ミルがとっくに剣を拾い上げ、今か今かと攻撃の機会を窺っていることには――まるで気づけていないのであった。

剣聖スキルを持つ者だけが扱える特技――ビッグバンスラッシュ。

それは高耐久の魔物でさえ一撃で倒せるほどの威力を有し、並の魔物では受けきることも叶わない。掲示板では「火力だけに特化した脳筋戦法」と言われるほど、冗談抜きで馬鹿でかいパワーを誇っている。

「はぁぁぁぁぁぁあああああ……」

そしてミルは現在、そんな大技の準備をしているようだ。

剣の鍔《つば》にあたる部分を額に押し付け、とめどなくパワーを溜め続けている。その圧倒的な火力に影響されてか、彼女の周囲にだけ小さい風が発生している。

――そう。

ビッグバンスラッシュはとんでもない威力を誇る反面、その力を溜めるのに相当の時間を要する。その間に集中を切らしてしまえばまた最初から溜めなければならず、実戦で使うにはかなりのテクニックが求められるのだ。

だから本来、ビッグバンスラッシュは実戦向きの技ではないはずだが――。

今この状況においては、これ以外に有効打がないんだろう。

ミルは現在、決死の表情でみずからの剣に力を集中させている。

「…………わかったよ、ミルさん」

であれば俺がなすべきことは、技が発動するまでの時間を稼ぐこと。

幸い《ルール無視》スキルさえあれば、魔法攻撃以外はなんとか凌ぐことができるからな。

父さんから教わった剣技と、そして動画配信サイトで何度も見てきた《魔物との戦い方》。文字通り死力を尽くして、なにがなんでも時間を稼がねばならない。

幸いなことに、紅龍はすっかり焦燥しているっぽいからな。この均衡をキープし続けることさえできれば、きっと成功するだろう。

そう覚悟を決めてからの俺は、文字通り必死だった。

神経のすべてを張り巡らせ、紅龍の一挙手一投足に注目し、紅龍のヘイトが絶対にミルに向けられることのないよう、防御に徹し続けた。

この戦いは彼女が鍵だ。

間違って彼女が攻撃されようものなら、その時点で俺たちの命はない。

だから這いつくばってでも……俺は自分の使命を成し遂げなければならない。

「くうっ……」

でも、俺は決して体力に自信のあるほうじゃなかった。

探索者としての経験も薄いので、たった数分躱し続けるだけでも限界だ。

「はぁ……はぁ……はぁ……」

だから情けないことに、俺の疲労はすぐにピークに達した。

それをなんとか意志の力だけで耐え続けていた。

まるで永遠にすら感じられるような、途方もない時間。もうそろそろ本気でぶっ倒れそうになった時、脇から聞き覚えのある声が発せられた。

「筑紫くん！　準備ＯＫです！」

「あっ、は、はい！」

いきなりミルに下の名前で呼ばれて動転してしまったが、こんなところでコミュ症を発揮している場合ではない。俺は体力を振り絞ってバックダッシュを敢行し、紅龍から大きく距離を取った。

ドォォォォオン！

俺の元いた位置に紅龍の尻尾が振り下ろされ、すさまじい轟音が周囲に鳴り響く。たったその一撃だけで、大地が大きく抉れてしまっている。緊急モンスターの名に恥じない、まさに破壊力抜群の一撃だった。

「グォ……？」

攻撃を空ぶったことで、紅龍が不思議そうに周囲を見渡す。そして、すぐさま俺のいる位置を捕捉したようだが――もう遅い。

「はぁぁぁぁあああああああ‼」

いまだ俺をターゲットにしている紅龍に向けて、ミルが背後から全力の一撃を見舞う。

――最強特技のひとつ、ビッグバンスラッシュ。

空気そのものを切り裂くかのような横一閃の斬撃が、紅龍の胴体に襲い掛かる。見るも巨大な剣撃の軌跡が、神々しい輝きを発しながら空中に留まり続ける。

「す、すげえ……」

あまりにも美しい一撃に、俺は思わず見惚れてしまった。

いかに紅龍が強かろうとも、さすがにこれは耐えられまい。ミルは河崎パーティーと比べれば

《探究者ランク》は落ちるものの、それを補って余りあるくらい、ビッグバンスラッシュの威力は甚大だ。

実際に今、紅龍はぐったりと地面に横たわっている。

背後からの攻撃はクリティカル判定となり、威力も二倍になるからな。さすがに耐えきれないだろう。

——けど。

「グォォォォォォオオオオオオオオオオオ‼」

腐ってもこいつは緊急モンスター。

通常の紅龍ギルガリアスと違って、耐久面でも一流なのだろう。

最強の剣技を喰らってもなお、強烈な咆哮を響かせながら起き上がる。そのすさまじい威圧感からは、怒りがピークに達していることが感じられた。

「う、嘘……？」

《剣聖》たるミルも、これにはさすがに参ったらしい。

絶望の表情を浮かべ、その場にへたり込んだ。それでなくとも彼女の全身はボロボロだ。体力的にも限界が近いのだろう。

「グオオオオオオオオオオオ！」

それでも紅龍は容赦しない。

放心状態で座り込む彼女に向かって、その巨大な足を持ち上げた。一方のミルは、もう動く気力さえないようで、ぴくりとも動かない。

「や……やだ……」

あと数秒もすれば、彼女は踏みつぶされる。

遺体も残らず殺される。

「死にたくない……死にたくないよ……」

そんな彼女の悲鳴が聞こえてきた時、俺のなかでなにかが弾けた。

「うぉおおおおおおおおお‼」

体力の限界の限界を超えて、俺は紅龍のもとへ疾駆する。

──スキル発動、《ルール無視》。

──選ぶ能力はもちろん、《相手の攻撃力　無視》だ。

カキン、と。

俺の差し出した剣が、紅龍の足をこともなげに受け止める。

体力そのものはピークに達していても、このスキルさえ発動してしまえば、攻撃を受け止めること自体は容易だった。

そして。

俺はそのまま、無我夢中でその剣を振り払う。

いかに俺が底辺探索者であっても、このスキルを発動している間は、相手の攻撃力はゼロ。

「ゴォアアアアアアアアア！」

ゆえにこの動作だけで、紅龍は大きく弾け飛んでいった。

「俺が……守らないと……。彼女を……」

そこまで呟いたところで、俺もそろそろ限界に達したらしい。

ぷつりと視界が暗転し、意識が吹き飛んだ。

第七話 目の前にでかいおっぱいが

「ん……？」

ふいに目が覚めた時、目の前に大きなおっぱいがあった。

「へっ……⁉」

思わず素っ頓狂な声を発してしまったが、俺はすぐに状況を把握した。

――俺は今、綾月ミルに膝枕をしてもらっている。

しかも視聴回数を意識しているのか、彼女はやや露出度の高い服装をしているからな。

胸元など大きく開けているし、ミニスカートも目のやり場に困るほどに短いため、俺の首と彼女の太ももが接触しているのだ。

まさに童貞コミュ症の俺にとって、なんとも刺激の強すぎるシチュエーションだった。

「ど、どどどどど、童貞ちゃうわ⁉」

「へっ？」

いきなり叫んだせいでびっくりしたんだろう。ミルも同じく素っ頓狂な声をあげる。

「よ、よかった……。無事に目が覚めたんですね」

「はい。おかげさまで……」

そういえば、なんで俺はミルに膝枕をしてもらっているのだろうか。

俺の記憶が正しければ、ついさっきまで紅龍ギルガリアスと戦っていたはずだ。無事にビッグバンスラッシュが紅龍に直撃して、倒せたと思ったら紅龍が起き上がって、それで……。

「………………っ⁉」

すべての記憶を取り戻した俺は、慌てて上半身を起こす。

そして一通り周囲を見渡したあと、最後にミルを見つめて言った。

「紅龍は、どうなりました……⁉　たしか俺が吹っ飛ばしたあと、意識が途切れて……」

「大丈夫ですよ。安心してください」

慌てまくる俺に対し、ミルは笑顔とともに答える。

「紅龍ギルガリアスは倒せました。筑紫くんが紅龍を吹き飛ばして、その衝撃がトドメになったようですね」

「え……？　ほ、ほんとですか？」

「はい。あれを見てください」

ミルの指差す方向に視線を向けると、たしかに紅龍の死体がそこにあった。

あの素材をすべて売ったらいくらになるんだろうか……そんな妄想を思わず繰り広げてしまうのは、うちが貧乏であるゆえか。

「あの……ありがとうございました！　筑紫くんは、私の命の恩人です」

「あ、いやっ、そのっ」

ミルにいきなり頭を下げられ、コミュ症をいかんなく発揮する俺。

「き、気にしないでください。俺が勝手にやったことですし……」

「いえいえ、ここはお礼を言わせてください。筑紫くんがいなかったら、私は今ごろ、この世にはいませんでしたから」

「…………」

「だから、筑紫くん」

ぐいっと距離を詰められ、俺は思わず胸を高鳴らせてしまう。

「このままじゃ私の気が済みません。いつか……お礼をさせていただけませんか？」

「お、お礼って……」

別にそんなことのために助けたわけじゃないけどな。

そこまで感謝されてしまうと、俺のほうが申し訳なくなるというか。

だから最初は断ろうとしたのだが、真のコミュ症を舐めてもらっては困る。適切な言葉がまるで思い浮かばず、

「よ、よかったら、ぜひっ」

となんとも情けない答えをしてしまった。

「ふふ……ありがとうございます」

しかし、なぜかミルは嬉しそうな笑みを浮かべると、スマホをこちらに差し出してきた。

「そしたら、ロイン交換しましょう。連絡先知らないと困りますしね」

「ロ、ロイン……!?」

おいおいおい、嘘だろ。

日本中の男が憧れている美少女――綾月ミルと連絡先を交換するなんて。

俺は夢でも見ているんだろうか。

「いてっ」

試しに頬をつねってみたが、痛いだけで目が覚めることはなかった。

「ど、どうしたんですか？　いきなりほっぺつねって」

「いやいや、な、なんでもないです」

後頭部を掻きながら苦笑する俺。

ミルも少し不思議そうな顔をしていたが、数秒後にはスマホをいじりだし、ロインのＱＲコードを提示してくれた。

「あ……えっと、このアカウントであってます？」

そのＱＲコードを読み取ると、「綾月美憂（あやつきみゆう）」という名前が出てきた。

――綾月美憂。

もしかすればこれが、ミルの本名だろうか……？

「あ、そうですそうです！　内緒にしといてくださいね」

そう言って人差し指を唇にあてるミルは、控えめに言って超絶可愛かった。

第八話 コメント回 ～スキル《ルール無視》が覚醒する前から～

破壊神：言っておくけど、こいつマジでザコだからｗｗｗ　こんな奴に紅龍を倒せるわけねぇからｗｗｗｗｗｗｗｗｗｗｗｗｗｗｗｗ

リストリア：駄目だ少年！　君では勝てない！　犬死にする気か！

むーヴァ：やべぇ、こいつマジで戦う気か……。

ディストリア：僕は君を応援しているよ、霧島筑紫君。いくら世間が君を嘲り笑おうが、僕は君の勇姿をしっかりこの目に焼き付けている。さあ……君はこの瞬間から勇者になるんだ！　霧島筑紫くん！

破壊神：残念でちゅたねぇ～♡　もうこれからこいつの顔、学校で見られないなぁ♡

ゆきりあ：破壊神って奴、マジで黙れ

ばばばば：一か月でサラリーマンの月収を稼ぐ方法を緊急公開！　今のうちにぜひチェックしてください!!

みらい：うお、同接やば。ソラキンにでも取り上げられたか？

破壊神：だってこいつ、マジで何もできねぇクズだよ？　見てろって、すぐに殺されるから♡

ファイド：お？

リストリア：え？

むーヴァ：ファッ!?

バルフ：え、マジ？

ゆきりあ：うっそだろおまえ！　あの紅龍を吹き飛ばしたじゃねえか!!

リース：え？　マジで!?

みらい：おい、いったい何者だよこの少年。紅龍を吹き飛ばすからには有名人だと思うが……。

メルメス：知らん、新人か？

むーヴァ：マジか知らないけど、月島高校の霧島筑紫って奴らしい

ゆきりあ：おい、破壊神って奴ほんとにこいつのこと知ってるのか？

ディストリア：《50000円　チケット》　初めてだよ……。僕がミルちゃん以外の子にお金を捧げることはね。だけどこれは、たしかに君がもらうべきものだ。こんな形でしか君を支えられなくて残念だけど……よく守ってくれたよ、少年。

リストリア：《50000円　チケット》俺も少年に

ゆきりあ：あれ、破壊神って奴消えた？

ファイド：おおおおおおお！
みらい：すげぇえええええ！
メルメス：マジ!?
バルフ：おおおおおおおおおおおおおお!!
むーれす：ソラキンからだけど、これ何が起きてる？
リース：見りゃわかるだろ、見知らぬ少年が紅龍の攻撃を無傷で受け続けてるんだよ
むーれす：なるほどわからん
ゆきりあ：お～～～い破壊神！　さっきまであんなに煽ってたくせにもう消えたのかよ？
むーヴァ：たしかに破壊神って奴いねぇなw　もしかして逃げたのか？w

ファイド：マジかよダセェｗｗｗｗｗｗｗｗｗｗｗｗｗｗｗ

パム：つか破壊神って、自分でそう名乗ってて恥ずかしくねぇのかなｗｗｗ

メルメス：月島高校って言ってたし、破壊神も月島高校の奴かもな

リストリア：というかこの少年、ほんとにすごいな。もしかしたら俺より強いかも……

むーれす：霧島筑紫が伝説の探索者ってことでおk？

リストリア：おk

まーぶる：さっきはチー牛なんて言ってすまなかった。君こそが本物の男だよ、少年

ピーク：ソラキンから

カーソル：ソラキンから

ゆきりあ：おおおおおおおおおおお!!

メルメス：ミルちゃんのビッグバンスラッシュが大ヒットォォォオオオオオ！

バルフ：かっけぇぇぇぇえええええええ!!

ゆきりあ：あれ

ぽんかつ：!?

ピーク：いきなりどうなった……？

リストリア：切れた……？

むーれす：おいいいいいいいいいいい

カーソル：今きたばかりの俺、いきなり終わってて涙目ディストリア：どうやら、ビッグバンスラッシュの衝撃でカメラが吹き飛んでしまったようだね……。でも大丈夫。僕が好敵手として認めた彼が傍にいたんだ。きっとミルちゃんも、無事で帰れるさ

パム：とりあえず近々報告あんだろ。待つしかねぇな

ゆきりあ：つか破壊神って奴、マジで戻ってこねぇな

みらい：恥ずかしくなって逃げだしたに一票

むーヴァ：月島高校生の自称破壊神のアイタタ高校生、特定班よろしく頼む

第九話　学校一の陰キャ、化け物能力を手にする

戦闘経験につき、新たな《ルール無視》が追加されました。
・薬草リポップ制限時間　無視
・相手の攻撃力　無視
★炎魔法使用制限　無視
★ＭＰ制限　無視

「は……？」

翌日。

自室のベッドで目覚めた俺は、視界に浮かび上がっている文字列を見て驚きの声を発する。

どうやら紅龍との戦闘で新たな能力を取得したようだが、それがまさかの《炎魔法使用制限無視》《ＭＰ制限　無視》……？

これも文字通りの能力だとするならば、破格としか言いようがない。

ダンジョン内で魔法を使ったことは一回もないが、これから使えるようになるのだろうか……？　現状ではよくわからないが、これも今後考察していくしかない。

「よっと……」

俺は朝の身支度を済ませながら、謎スキル《ルール無視》について考察を進める。

現実にあるゲームやアプリなどがそうであるように、ダンジョンにもいくつかルールが存在する。

たとえば、薬草は数回取ったら数分間はリポップしないとか。

たとえば、魔法を使ったらＭＰを消費するとか。

たとえば、魔法スキルを持つ者でなければ、そもそも魔法を使えないとか。

たとえば、探索者にはそれぞれ《ステータス》があって、その数値の高さで実力が左右されるとか。

いかに貴重なスキルの所持者であろうとも、このルールは覆らない。

賢者スキルの所持者でもＭＰが尽きれば戦えないし、《剣聖》スキルの所持者でも、ステータスの攻撃力が低いままではまともに戦えない。

しかし、この《ルール無視》は、そんな常識をいとも容易く突破してしまっている。

最初は効果のよくわからないスキルだったけれど、もしかしなくてもこれ、とんでもない化け物スキルなのでは……？

「はは……そんなわけないよな……」

俺は学校の誰もが知るクソ陰キャだ。

何度も「存在価値ない」「死ねゴミ」と言われてきた身だ。

そんな俺が強いスキルを授かるなんて到底ありえない。昨日だって結局、紅龍の攻撃を防ぐだけで精一杯だったしな。

そんな思索を巡らせた後、俺は軽く朝食を済ませ、学校へと歩を進めるのだった。


「あ、あれ……？」

――なにかがおかしい。

校門に着いた後、俺は明らかな違和感を覚えた。

通り過ぎる生徒たちが、一様にこちらを見ているというか……。

俺は校内でも（悪い意味で）有名だから、また馬鹿にされているのかと思っていた。

しかし、そんなふうでもなく、むしろ好意的に見られているような……。

気のせいかとも思ったが、大勢の女子生徒に一瞬だけ「かっこよかった」と呟かれていたかのような……。

「お、おはようございます！」

「えっと……霧島筑紫さんですよね⁉」

どういうことかわからないが、数名からこんなふうに声をかけられた。

たしかに俺の名前は校内に知れ渡っているが、なにかがおかしい。今までは「嘲笑」の視線だけが向けられていたはずなのに、これはいったいどういうことなのか。

首を傾げつつ教室に赴くと、もうひとつ不思議なことがあった。

さんざん俺をいじめてきたクズ野郎——郷山健斗が学校に来ていなかったのだ。あいつが学校を休むのはかなり異例のことなので、これもかなりびっくりした。

それだけじゃない。

「……あっ」

「……やべ」

「………？」

郷山の取り巻きとしてさんざん俺をなじってきた奴らも、バツが悪そうに俺と目を合わせない。

いったい、みんなどうしてしまったのか。

まるでよくわからなかったが、おかげで久々に、俺は快適な学校生活を送ることができた。郷山一派がいないだけでこうも気が楽になるものなんだと、改めてその認識を強くしたところだ。

ただ……今日最も驚いたのはここではない。

放課後。

すべての授業が終わり、下駄箱に向かっていた俺。

「筑紫くん♪」

そんな俺に、背後から声をかけてきた女子生徒がいたのだ。

「へ……？」

最初、俺はその子が誰なのかわからなかった。

胸元につけているリボンの色から、同級生であることだけ確認できるが……それ以外はなにもわからない。見た感じ超美人だし、正直、俺が関われる人種ではないはずなのに。

「えっと……な、なんで俺の名前を？」

「あらぁ〜、つれないねぇ」

少女は悪戯っぽい笑みを浮かべると、数秒だけあたりを見回し、誰もいないことを確認すると
――裏ピースをしながら小さくウィンクする。

「やっほ〜、私、綾月ミルだよ！」

「へ……!?」

おい。

おいおいおいおいおい。

マジかよ。

たしかにこの少女は可愛いし、少しミルに似ていなくもないが……それはあくまで似ているだけ。

髪色も顔も、有名配信者の綾月ミルとは別人なんだが!?

「え、えとえと、物真似です……?」

「ずこ～」

いつも動画配信中でそうするように、大げさでずっこける仕草をする少女。

「たしかに今はウィッグもつけてないし、ちゃんと化粧もしてないけどさ。そんなに疑うことないでしょ」

「え……。え⁉」

「ほれ。見てよこの名前」

そう言って差し出された生徒手帳には、たしかに昨日彼女から教わった名前――

綾月美憂の名前があるのだった。

第十話　学校一の陰キャ、美少女と下校する

「いや～、偶然だね♪　まさか同じ学校で、しかも同じ学年だったなんて♪」

「は、ははは……。そうだね」

——放課後。

学校の近くにある喫茶店にて、俺と綾月美憂は向かい合って座っていた。

「ん？　どうしたの？　そんなに緊張しちゃって」

「い、いや……。なんでもない……」

と言いつつも、俺の心臓はバクバクと高鳴っていた。

喫茶店に足を運んだのなんて初めてだし、もちろん、女の子と二人で出かけるのも初めてだ。

こういうのをデートと言うのだろうか……というところまで考えて、俺は考えるのをやめた。

自他ともにブサメンと認める俺なんかが女子とデートなんて、それこそ絶対にありえないからだ。

「でさ、筑紫君なに食べる？」

「え……」

「ほら。お礼させてほしいって言ったじゃん。なんでも奢るから、好きなの選んでよ」

「は、はい……」

といっても、ここにはラーメンやカツ丼といった、いわゆるガッツリ系の飯はない。

ぶっちゃけ全部同じに見えるんだが、そんなこと言ってられないしな。

「じゃあ、この……ショコラパンケーキwithトロピカルランドで……。綾月さんは？」

「そうだね～、私も同じのにしよっかな。ちょうど同じやつ気になってたし♪」

「りょ、了解」

その後、俺は店員に飲み物とパンケーキを注文した。

コミュ症はこういう時、うまく喋れるのかでめちゃくちゃ緊張するものだが……なんとかつっかえずに料理名を言うことができた。

「あ、このパンケーキってトッピングできますか？」

そして間もなく注文を終えようとした時、俺はメニュー表のある部分に気が付いた。

クリームやチョコチップなど、多種多様なカスタマイズができるそうなのだ。

「ええ、大丈夫ですよ。なにか追加されますか？」

「クリームとチョコソース、あとバナナを追加したいです。あ、チョコソースは三倍にできます？」

「え？　は、はい、お値段も三倍になりますけど……」

三倍か。

こんなに綾月に負担をかけすぎるのも気が引けるし、トッピング追加分は自分で払うことにしよう。

「わかりました。それで大丈夫です」

「では三倍チョコソースとクリームとバナナトッピング……。以上でよろしいでしょうか？」

「大丈夫です――あ、やっぱりバニラアイスも追加しといてください」

「か、かしこまりました。では少々お待ちくださいませ」

店員はやや引き気味な表情を浮かべ、厨房へと消えていく。

メニュー表には他にも美味しそうなものがあったので、本当はもっと注文しておきたかったんだけどな。まあ、これくらいが無難だろうか。

「つ、筑紫君……大丈夫？」

そんなことを考えていると、綾月が驚愕の表情で見つめてきていることに気づいた。

「ど、どうしたの？　そんなに見つめて」

「いや、別にいいんだけどさ。さすがに頼みすぎじゃないかな～って」

「そんなことないよ。今のは序の口さ」

「そ、そっか。まあ食べられるならいいんだけどね」

そう言ってから、綾月はテーブル上にあった水に口をつける。

「……なんだか意外だね。昨日と今日で、筑紫君の意外なところをいっぱい知った気がするよ」

「あ……。やっぱり俺のこと、知ってたんだ」

「うん。同じクラスにはなったことないけど……顔と名前はわかってた」

「…………」

まあ、そりゃそうだよな。

廊下で土下座させられまくったり、大勢の前で大声を出さされたり……。

自分でも情けないくらい、俺は郷山から数多くのいじめを受け続けている。

悪い意味で有名になってしまうのも、本当に致し方ないことだった。

「ご、ごめん。俺の顔がもっとよかったら、綾月さんも嬉しかったと思うんだけど……」

「え？　どういうこと？」

「だって、俺なんてこんなんだし……。いまこうやって綾月さんと一緒にいるのも、釣り合いが取れてないっていうか……」

「…………」

「だからこんな陰キャよりも、もっとかっこいい人に助けてもらったほうが良かったんじゃないかなって……」

「——そんなことないよ」

俺の情けない独白を、綾月は真っ向から否定した。

「筑紫くん、素材はめっちゃ良さそうなのよね。ただ髪型がちょっと荒れてて……それがよくないのかも。これ、すごくもったいないことだよ！」

「も、もったいないって……どういうこと？」

「つまり、筑紫くん本当はイケメンってこと!!」

いやいや、マジでなにを言ってるんだか。

俺がイケメンだなんて、そんなことがあろうはずもない。

髪型を整えていないのだって、自分の容姿が絶望的に醜いことがわかっているからだ。

不細工の癖に髪型を整えてる……どうしようもない努力をしてる……。

そう思われるのが嫌だったから、なかば諦めるようにして天パで過ごしているだけだ。陽キャにはわからないかもしれないが、これが陰キャの処世術なのである。

「はい。こちらショコラパンケーキwithトロピカルランドでございます」

そうこうしているうちに、店員が料理を運んできた。

濃厚なチョコソースのうえに、色とりどりのフルーツが載せられたお洒落なパンケーキ。少し食べにくいという難点はあったが、味はたしかに美味かった。

「私はね……悔しいの」

苺をごくりと呑み込んでから、綾月がやや深刻そうな表情で言った。

「紅龍が現れた時、あなたは身を挺して私を守ってくれた。息がきれぎれになりながらも、それでも私を守ってくれたよね」

「う、うん。それが……？」

「それで思ったの。筑紫くんは、みんなに馬鹿にされるような人じゃない。とてもかっこよくて……郷山なんか相手にならないくらいに素敵なんだって」

「はは……そんなまさか……」

なんだろう。

妙に持ち上げてくれるけれど、たぶん本心で言ってくれてるわけじゃないんだよな。

綾月ミルといえば、超人気の配信者。

そんな彼女がいじめに加担していると知られたら、印象的にもあまりよろしくない。だからこうやって、精一杯フォローしてくれてるんだろう。

「……筑紫くん、なにか後ろ向きなこと考えてない？」

「えっ？　さ、さあ、どうかな。あはは」

「…………」

綾月はそこで再びじ～っと俺を見つめると。

「決めた！」

と言っていきなり立ち上がった。

「それなら、一緒に美容室行きましょう！　お金なら私が出すし、それでみんなをギャフンと言わせるわよ！」

★

「おいおいおいおい……マジか……」

結論から言おう。

綾月の主張していた通り、俺はたしかに変わった。

いつもは近所の千円カットで適当に済ませていたんだが、少し値段の張る美容室でヘアカットしてもらって、良いワックスとセット方法を教えてもらって。

するとどうだ。

鏡の前には、見たことのない男がいるではないか。

「………よし、これでＯＫですね」

俺を担当してくれた女性の美容師が、最後に前髪を横に流しつつ言った。

「彼女さんが言っていたように、霧島君はとっても素敵ですよ。もっと自信を持ってください」

「は……はあ……」

「ということでこれ。プレゼントです」

そう言って手渡されたのは、さっきヘアセットの際に使っていたワックス。

しかも新品だ。

「え……？　でもお金は……？」

「ふふ、いりませんよ。あなたなんでしょう？　私の推しを助けてくれたのは」

「………？」

最初はなんのことかわからなかったが、数秒後にようやく合点がいった。

「もしかして、昨日の配信を……？」

「ふふ、当たりです。本当にすごかったですよ、霧島君」

実はその推し本人が、今まさに待合室でスマホをいじってる女子高生なんだけどな。

さすがにそれを言うのは憚られたので、そこは黙っておく。

（あとこれは、個人的なお願いなんですけど……）

急に距離を縮め、耳打ちをしてくる女美容師。

（最近、彼女もなんか焦ってるみたいで……。昨日の緊急モンスターの時みたいに、無茶な配信をやりがちなんですよ）

（は……はい）

（だからどうか、彼女を支えてあげてほしいんです。きっとあなたがいれば、ミルちゃんも安全でしょうから）

（そ、それは……）

たしかにそれは俺も思っていた。

紅龍ギルガリアスに突撃することの無謀さを、きっと彼女もわかっていたはずだ。Aランクの探索者たるミルが、それくらいのことをわからないはずがない。

それでもあの戦いに突撃したのは――やはり、どうしても視聴回数を稼ぎたい理由があるんだろうな。

（はい……わかりました）

ただ一点、俺なんかが彼女の助けになるかは疑問だけどな。

そこはあえて触れないでおく。

コミュ症の俺が細かい事情を説明しようとしても、絶対にうまく伝えられないだろうから。

そうして俺は無事、人生初の美容室体験を終えたのだった。


美容室を出た時、あたりはすっかり暗闇に包まれていた。

スマホの時計を見ると、もう十九時……。

善良な高校生たるもの、そろそろ帰る時間だな。

「うんうん、いい感じだね♪　筑紫くん、本当にかっこよくなってるよ♪」

「は……ははは。それはどうも……」

繁華街を抜けて、俺たちは今、物静かな公園をゆっくり歩いていた。

普段は子どもたちで賑わっているこの場所も、夜になると誰もいなくなる。幻想的に地上を照らす月明かりと、そしてときおり穏やかに流れる温風だけがここにあった。

「…………」

なんだろう。この空気は。

普段は天真爛漫な綾月も、なぜか何も言ってこない。

ただただ下を向いて、俺の隣を歩くのみ。

なんだか急に気恥ずかしくなった俺は、場をもたせるためにとりあえず口を開いた。

「え……と、今日はありがとう、綾月さん」

「へ……？」

「今日だけで色々と経験させてもらったよ。色々とよくしてくれて……本当にありがとう」

「う、うん。それはどういたしましてだけど……」

そこでなぜか不満そうに口を尖らせる綾月。

「そのさ……綾月さんって呼ぶの。やめてよ」

「え……」

「私には美憂っていう名前があるの。わかってるでしょ？　筑紫くんからそんな他人みたいに呼ばれるの……やだな」

「…………」

え。

これマジで言ってるのか。

女の子を下の名前で呼ぶのなんて、マジのマジで抵抗感あるんだが。

しかし隣を歩く綾月はなぜかジト目でこちらを見つめていて……むしろこれを断るほうが悪い気がして。

「わ、わかったよ。美憂……これでいいかな？」

「うん！　それでＯＫ♪」

綾月――改め美憂は、なぜかとても嬉しそうにはにかんだ。

それを不覚にも可愛いと思ってしまったが、馬鹿なことを考えてはいけないと思いなおす。

今彼女と話せているのは、ただ単に偶然に偶然が重なっただけ。

本来であれば、俺と彼女にはどうしようもない隔たりがあるのだから。

「それでね……筑紫くん」

そこで美憂はなにを思ったか、少し不安そうな顔で俺を見つめてきた。

「ちょっと……話したいことがあって。もう少しだけ時間もらえる？」

「へ？　う、うん。別にいいけど……」

「やった。ありがと！」

そう言って天使級の笑みを浮かべる美憂だった。

第十一話 陰キャぼっち、想像以上にバズっていた

「い、一緒に動画チャンネルを運営してほしい……!?」

夜の公園――そのベンチにて。

美憂から衝撃的な提案を受けた俺は、思わず間抜けな声を発してしまった。

「うん。だ、駄目かな……?」

「駄目っていうか、それはさすがに……」

彼女はチャンネル登録者一千万人の、それこそ誰もが知る有名人だ。本来、俺がこうして話していること自体ありえない相手だ。

なのに、いったい何を言うかと思えば――そのチャンネルのレギュラーとして出演してほしいと。

彼女はそう、この公園で提案してきたのだ。

「見て。これ」

俺がしどろもどろになっていると、美憂が自身のスマホを差し出してきた。

――激突!? 綾月ミルVS緊急モンスター――

考えるまでもなく、昨日の生配信のアーカイブだろう。

覚悟の上だったから良いものの、やっぱり昨日の戦いは世界中に発信されるっぽいな。

学校でみんなの様子がおかしかったのも、なんなら繁華街を歩いている時にさえ視線を感じたのも……この動画配信がきっかけだったんだろう。もちろん、薄々勘付いていたけどな。

「ほら。ここよ、ここ」

美憂が指差す先には、動画の視聴回数を示す箇所があった。

「えっと……い、一億再生⁉」

「そ。昨日の夜アップしてから、もうこんなに再生されてるってこと」

「マ、マジか……」

チャンネル登録者一千万を超えてても、平均の視聴回数は数百万回ほど。これは美憂だけがそうというわけではなく、他の動画配信者も似たような傾向にある。

まれに一億回超えている動画もあるが、それはいわゆる超バズった動画だけ。だからこの数字に達することはなかなかにないはずだが——昨日の紅龍との戦いは、それを一日にして成し遂げてしまったということか。

「私も詳しく知らないけれど、この生配信をソラキンが取り上げてくれたみたい。そこから一気に火がついたのよ」

「な、なるほど……」

ソラキンといえば、たしかトウッターでフォロワー五〇〇万人超えのインフルエンサーだったか。

たしかにそのソラキンに取り上げられれば、一気に動画が跳ね上がるのもわからなくはないが……。

「それだけじゃないよ。最初は印象悪かったけど、私がピンチだった時に助けにきてくれたかっこいい男子高校生がいて……。その人が紅龍の動きを涼しそうに受け止めてて……。正直、これでバズらないほうがおかしいってくらい、面白い要素があった。だからこれは……筑紫くんのおかげで稼げた再生数なの」

「いやいや、さすがにそれは言い過ぎでは……」

「謙遜はダメダメ！　これを見ても同じこと言える？」

美憂が画面の「コメント一覧」というタブをタップすると、そこにはなんとも気恥ずかしくなるような言葉の数々が並んでいた。


――かっけえええええ！――

――え、マジでかっこいい――

――つか紅龍の攻撃を受け止め続けるって、化け物すぎね？――

――河崎より強いんじゃ？――

――ガセかもわからんが、この人は霧島筑紫って名前らしい――

――霧島のレギュラー化はよ――


「こ、これは……」

「わかったでしょ？　筑紫くんのおかげで……この動画は大きく伸びた。それははっきりしてるんじゃない？」

「あ、ああ……。そう、かもね」

できればはっきり否定したかったが、このコメント欄を見てしまっては、さすがにそうも言えなくなった。

ぶっちゃけ《ルール無視》スキルには不明点も多いし、昨日も物理攻撃しか防げなかったんだけどな。ここまで褒め称えられるのはさすがに過大評価なので、あまり期待されすぎても怖いんだが……。

「うん。わかってる。ただ筑紫くんが動画に出るだけじゃ、筑紫くんにメリットないもんね。お金はちゃんと渡すし、それに……」

そう言って美憂は、ゆっくり俺の右腕を掴みあげる。

そしてなにをするかと思えば——なんと、自身の胸に俺の手をあてがうではないか。

「…………!?　み、美憂、なにを……!?」

「他にも、筑紫くんが喜びそうなことやるから。だから……」

潤んだ瞳で見つめてくる美憂に、俺はごくりと息を呑むのだった。

右手に伝わる柔らかな感触が、俺の理性を惑わせる。

可能ならもっとこの時間を堪能したいという欲求が、俺のなかで暴れだす。

けれど――このまま流れに任せるのはいけない気がして。

俺はそっと、彼女から手を離した。

「駄目だよ……こんなの。俺はただ、こういうことをしたいんじゃない」

「え……？」

「こんなことをしなくても、俺は君を手伝うよ。ほんとに再生回数を伸ばせるかは、あまり自信がないけれど……」


――筑紫も、大事な人を守れる人になりなさい。決して自分のことだけを考えているような愚か者になるな――


父さんは、大事な人《かあさん》を守ろうとしてこの世を去った。

そんな父さんのことを、俺は小さい頃からずっと尊敬していた。

郷山たちのように、自分のことばかりを考えているのではなく。他人のために命をも賭けられる父さんを、俺は誰よりも誇りに思っていた。

だから――こんな安易な欲望に呑まれたくない。

それこそ郷山のようで嫌だからな。

「つ、筑紫くん……」

美憂が信じられないと言った表情で俺を見つめる。

「あなたって、本当にどこまで聖人なの……？　ほんと、郷山とは比べ物にならないっていうか……」

「いや。別に普通だと思うけど……」

「普通じゃないって！　ほんと、そこらへんの高校生とは全然違うと思うよ！」

さ……さすがにそれは褒めすぎじゃないか？

俺がいじめられたのは今に始まったことではなく、それこそ中学の頃からひどい迫害を受けてきたからな。

今までさんざん暴言や暴力を受けてきた身としては、そんなに持ち上げられてもいまひとつ実感が湧かない。

「…………」

そんな様子を見て、筑紫は悲しそうに眉根を八の字に寄せると。

「私、別にいいんだよ？　チャンネルの運営って意味じゃなくて……本当に、そ・う・い・う・関・係になっても」

「…………え？」

「あ、なんでもないなんでもない！　あはは」

そこで顔を真っ赤にする美憂。

いつも飄々としている彼女だが、意外にもこんな一面があるんだな。またしても天使のようだと思ってしまったのは、あくまで俺の胸のなかに留めておく。

「……でも、そうね。お金は渡すにしても、このままじゃ筑紫くんに申し訳ないし……」

そして彼女はなにを思い立ったか、急に立ち上がって言った。

「決めたわ！　筑紫くんの評判、私が変えてみせるから！　任せておいて！」

「へ……？　評判って？」

「ふふ。まあまあ、任せておきなさいって」

自信たっぷりに大きな胸を張る美憂。

「まあ……とりあえず筑紫くん。目をつぶってよ」

「ん……？　目を？」

さっきから騒がしいな美憂は。これが陽キャというやつだろうか。

よくわからないが、とりあえず言われた通りに瞳を閉じる。

すると。

頬に柔らかな感触が伝わってきて、俺は小さく身を竦ませる。

柔らかいだけじゃない……人の温かなぬくもりも感じた。

おそるおそる目を開けると、やはり俺の近くに、美憂の顔があった。

「ふふ。これが私からの……せめてもの気持ち。今はこれくらいで我慢ね」

「我慢って……いったいどういう……？」

「ふふ、筑紫くんはこれから絶対、超モテモテになるからね。他の女の子のところ行っちゃダメだぞ☆　っていう、私からの気持ちよ」

「いやいや、俺がそんなん絶対ありえないよ……」

やっぱり俺には、陽キャの考えがよくわからないのだった。

第十二話　郷山の屈辱

——一方その頃。

「くそっ！　くそっ……！」

月島高校の二年三組……郷山健斗は、断続的に鳴り響くスマホの着信音に震えていた。

——やっほー、これ破壊神くんのアカウント？ｗｗｗｗ
——おいおいすげえじゃん、おまえ８ｃｈで有名人だな！　悪い意味でだけど‼
——ねぇねぇ、いじめてた奴に逆転されていまどんな気持ち？　ねぇねぇねぇ！
——破壊神とかくっさｗ
——郷山クンももう終わりだねぇｗｗｗｗｗｗｗｗｗｗｗ

その内容のほとんどは、先日の綾月ミルの配信に端を発したもの。

止まることのないメッセージの嵐に、さしもの郷山も精神的に疲弊してしまい、今日は学校に足を運ぶことができず。

こうして……自室の布団にこもり続ける一日を送っている。

「くっそ‼　特定班、仕事速すぎんだろ……！」

そう。

昨日の綾月ミルによる生配信を、郷山は《破壊神》というハンドルネームで視聴していた。

理由は単純明快。

ただただ純粋に、郷山自身が、月島高校の破壊神を自称しているから。

上位スキル《攻撃力アップ（特大）》を持つ郷山を、取り巻きたちがそう呼んできたから。

だから自分にこれ以上ふさわしい名前はないと判断して、ハンドルネームを《破壊神》にしたのである。

理由はもうひとつある。

なにを隠そう、郷山自身が綾月ミルの大ファンだった。

顔もめちゃくちゃ可愛いし、ちょっと抜けているところがあって性格もドストライク。そして男の夢をすべて叶えているかのような抜群のスタイル。

そういったところが、郷山の好みにぴたり合致するのだ。

しかもこれまでの生配信を見ている限り、おそらく住んでいるところが近いのだと郷山は推測していた。昨日の生配信だって、月島高校からほど近いところにあるダンジョンだったから。

さすがに昨日は凸れなかったが、いつかワンチャン狙えるのではないか……。

そんな欲望も込めて、ハンドルネームを《破壊神》にしていた。この名前はとにかく色んな意味で目立つから、きっと彼女の目に留まるのではないかと考えていたのだ。

なのに、そんな綾月ミルの配信中に奴は訪れた。

――霧島筑紫。

郷山がずっと憧れてきた綾月ミルに対し、あいつはごく当然のように話しかけていたのだ。このダンジョンの先には、河崎パーティーでさえ敵わなかった緊急モンスターがいると。

当時の郷山はもちろん、そんなことがあろうはずもないと思った。

河崎パーティーといえば、数多くの探索者のなかでも頂点に立つ凄腕集団だ。

そんな実力者を引き合いに出してくるとなれば、どう考えても綾月ミルの気を引こうとしているとしか思えない……。

そう判断した郷山は、ためらいもなく霧島の個人情報を暴露した。

何人か怒ってきた奴もいたが、そんなことはもはやどうでもいい。霧島ごときが大好きな綾月に話しかけた……それだけで重罪に値すると考えていた。

実際、生配信中でもあいつはコミュ症っぷりを発揮していた。

これであいつにもデジタルタトゥーがついて、よりいじめ甲斐が増すと思っていたのだが……。

「くそ！　どうなってんだよッ‼」

紅龍ギルガリアスの攻撃を軽々受け止めていた、当時の霧島筑紫――。

その光景を思い出して、郷山は思わず奇声を発する。

あれは明らかに普通じゃなかった。紅龍の攻撃を受け続けるのは郷山でも不可能なのに、あいつはそれを軽々とやってのけたのだ。

あのシーンを経て、コメント欄の雰囲気も一変した。

誰もが霧島を応援していた。

綾月ミルを助け出した救世主として、みなが霧島を英雄視していた。

あいつにデジタルタトゥーをつけようとして本名を晒したはずが、完璧に裏目に出てしまった形となる。今のＳＮＳでは、もうあいつを賞賛するネット記事しか見られない。

そして、それればかりではない。

具体的な高校名も出してしまったばかりに、《破壊神》の名もバレそうになりつつある。

上位スキルの《攻撃力アップ（特大）》を利用して、今まで何人かの配信者から出演依頼をもらったこともあり――。

それら諸々の条件が重なって、郷山の名が特定されるのも早かったのである。

「ピロン♪」

再び鳴ったスマホの着信音に、郷山はまたも身を竦ませる。


――ねぇねぇ、おまえが破壊神ってマジ？　しかもひでぇいじめしてたんだって？――


「ち、ちくしょう……」

人生初めての炎上は、郷山の精神を確実に追い詰めていた。この調子では、明日も学校には行けそうもない。

「くそったれめ……！　全部、全部あいつのせいだ……！」

毛布にくるまりながら、郷山はブツブツと独り言を繰り返していた。

「復讐だ。あいつに復讐しなきゃ、気が収まらねえ……！」

第十三話　学校一の陰キャ、なぜかモテまくる

「ねえねえ……あの人かっこよくない……？」

「あんなイケメン、うちの学校にいたっけ……？」

「というかあの人、霧島くんじゃない？」


――翌日。

学校の校門に辿り着いた俺は、またも周囲から好奇の目を向けられていた。

しかもいじめの対象者として見られているのではなく、さっきから「かっこいい」だの「素敵」だの言われているのは気のせいだろうか。

たしかに昨日、俺は人生初の美容室デビューをした。

今まで天パだったものを、ワックスを使って、自分にあった髪型にして。

たったそれだけのことで、まさかこんなに反応が良くなるものだろうか？

「おっはよ～、筑紫くん♪」

恥ずかしさを感じつつも校庭を歩いていると、ふいに背後から声をかけられた。

振り返るまでもない――。

綾月ミル、もとい綾月美憂が、こちらに向けて駆けてきているのだった。

「いっひっひ、筑紫くん、やっぱり人気ものだねぇ」

「いやいや、まさかそんなはずは」

「そうやって謙虚なところもヨシ！　みんなが筑紫くんの良いところに気づき始めてくれて、私も嬉しいな」

「それはどうも……って、ちょっと」

語尾がこんな形になったのは、ふいに美憂が腕を絡めてきたからだ。

いくら今の美憂は《綾月ミル》ではないとはいえ……さすがにまずいのではなかろうか？　こんなことしたら、俺たちがあらぬ関係にあるというデタラメな噂が流れてしまう。

しかも美憂の胸部はそれはもうとても大きいので、この体勢だとめちゃくちゃ押し付けられるんだよな。文字通り、異次元な柔らかさが。

それはそれで男子生徒から羨ましそうに見られてたりして、俺はやはり、いづらい気持ちになるのだった。

「それで筑紫くん、昨日の話覚えてる？」

「う、うん……。たしか学校近くのダンジョンに潜るんだっけ？」

「そうそう♪　紅龍を倒した報酬ももらえると思うから、配信がてら潜ろうと思って」

「わかった。今日の放課後ね」

そこまで会話をしたところで、俺たちは一時解散することになった。

俺は二年三組……そして美憂は二年一組だからな。

名残惜しい気持ちもなくはないが、俺たちは放課後になるまで、それぞれの教室で時間を過ごすことにした。

ちなみに当然ながら、教室に入ってからも、俺は驚きの視線を向けられ続けた。

校庭にいる生徒たちと違って、三組のみんなは、俺が誰なのかはっきりわかるはずだからな。

「え……⁉　なにあれ、霧島くん……⁉」

「急にかっこよくなりすぎじゃない……⁉」

そんな声を身に受けながら、俺は席につく。

いつもは教室に入った瞬間に郷山からいびられていたのだが、今日もそれはなさそうだ。そもそもあいつ自体が登校してなさそうなので、今日も平和な日々を送れ――

「霧島ぁぁぁあああああ！」

前言撤回。

いつもの叫び声が教室内に響きわたり、俺はびくりと身を竦ませた。

背後を振り返ると、やはり郷山健斗がずかずかと教室に入ってきているところだった。しかも心なしか、いつもより怒りをあらわにしている。

……というか、どうしたんだろう。

目にクマができていて、見ないうちに少しやつれているように見えるんだが。

「おい！　霧島はどこだよ⁉」

「い、いや……ここだけど」

「な、なにぃ……？」

髪型が変わったことですぐには気づけなかったんだろう。

俺の顔を見た瞬間、郷山が一瞬だけたじろいだ気がした。

「おまえ……なんだよそれ」

「なんだよって……髪を切っただけだけど」

「……ちっ」

今までと印象が変わったからか、やりづらそうに舌打ちをかます郷山。

「てめぇ、いい気になるなよ。急にバズってるようだが、真に強いのは俺様だ。それはわかってるよなぁ？」

「………」

「落とし前つけようぜ。今日の夜八時……近所の《月が丘ダンジョン》に来い。わかったな」

「は……!?」

待て。

今日は美憂と会う約束をしてるんだが。

四時くらいには授業も終わるので、二つの用事をこなすこともできなくはないが……いくらなんでも唐突だぞ。

「来いよ。絶対だからな」

しかし郷山の自分勝手っぷりは相変わらずだった。

こちらの反応を待つことさえなく、勝手に決めて自分の席につくのだった。

★

「えええええ～～～！　郷山から呼び出し～～⁉」

「ちょ、美憂、声でかい……‼」

放課後。

校門へ向かうと、約束通り美憂が待ってくれていた。

そのまま適当にカフェで一休みしたあと、適当なダンジョンに潜る予定だったのだが……。

まさか郷山に無理やり呼び出されたのを黙っているわけにもいかず、正直に打ち明けた結果、今の大絶叫に繋がった。

「ほんっと、最低！　あいつって、いつも自分の事情しか考えてないよね！」

昨日と同じ、学校にほど近いお洒落な喫茶店。

テーブルの真向いに座った美憂が、大きく怒りを露わにする。

「そうだね……。こっちから反論する余地もなかった」

「ちゃんと強く言えばよかったのに。俺にはこれから予定あんだよ！　って」

「はは、言えたらいいけどね……。でも、そんな簡単には言えないさ」

なにしろ、郷山との縁は高校だけに始まった話じゃない。

小学、中学、そして高校……。嫌な奴との悪縁に限って、妙に長続きするものだ。

小学生から俺のことを知っているためか、郷山も俺のことはいじめやすいらしく。妙に俺をターゲットにしているのも、多分にそういった要因があるからだろう。

そして現在は、最悪なことにあいつと同じクラス。

いわゆるいじめが過熱するのも——俺は《いじめ》という可愛らしい語感が嫌いだが——ごく当然のことと言えた。

つまりそんなふうに迫害し続けてきた奴に対して、まさか昨日の今日で強く出るわけにもいかず。

「…………」

あいつの異常なまでの暴力性を思い出すと、今でも少し身体が震えてしまうのだった。

そんな俺を見て、美憂はなにを思ったのだろう。

テーブル上で組んでいた俺の両手に、さらに彼女自身の手を優しく重ね合わせてきた。

「み、美憂……？」

「そうだね……。ごめん。そう簡単に言い返せる話じゃないもんね」

「…………いやいや、俺が駄目なだけだよ。もっと強くなったほうがいいっていうのは、自分でもわかってるんだけど……」

「…………」

まさか俺に同情してくれているのか、美憂が悲しそうに眉を八の字にする。

「筑紫くん、郷山との待ち合わせは二十時からだよね？」

「え？　うん、そうだけど」

「そしたらまだ時間あるわね……。ちょっと先にダンジョン行かない？　せっかく倒した紅龍の報酬、こういう時にこそ使わないとね！」

第十四話　ロマン武器さえも、《ルール無視》スキルがあれば

月が丘ダンジョン。

それは学校にほど近いところに存在する、比較的安全なダンジョンだ。

出没する魔物もそれほど強くないので、俺も何度か、ここへ薬草拾いに訪れている。

ただ月が丘ダンジョンは郷山がよく訪れるところでもあり——俺がメインにしている採取場所はこっちではなく、昨日美憂と出会ったあのダンジョンだけどな。

「よし、到着ね！　筑紫くん、ステータス出してみて！」

「了解」

一度でもダンジョンを訪れた者は、心で念じれば自身のステータス画面を出すことができる。

詳しい原理は不明だが、自分の視界にだけ映るんだよな。

そこで装備品を替えたり、素材を組み合わせて武器防具を替えたり、自身のステータスを確認することができる。

ダンジョンの外でもステータスの確認自体は可能だが、ステータスの数値が適用されるのはあくまでダンジョン内のみ。またダンジョンの外においては、装備品の装着等はもちろんできない。

「って、あれ……!?」

そのステータス画面に、まるで見慣れないものがあったのだ。

——四〇万三千三百二十一ゴールド。

一昨日まではせいぜい二千ゴールドしかなかったはずなのに、急に増えている……⁉

「そう、これが紅龍を倒した報酬ね！　ふふ、私と二等分されてるとは思うけど、いっぱい入ってるでしょ？」

「う、うん……」

さすがにこれは予想外だ。いきなり大金持ちになったような気分である。

ちなみにダンジョン内での《ゴールド通貨》は、国の所定施設に赴けば、そのまま一ゴールド＝一円として交換してもらえる。つまり俺は、今の時点で四十万近い金を得たことになる。

ちなみにステータス画面での《ゴールド画面》が増えるタイミングは、基本的には誰かからゴールドを譲渡された時か、アイテムを売却するか、それか魔物を倒した時だけ。そしてよくあるゲームと同じように、強い魔物ほど高い金額が振り込まれる。

魔物を倒しても国にとってメリットがないかもしれないが——実はそんなことはない。

強い魔物であればあるほど、それだけ探索者の命を奪いかねないからな。間接的に全員の安全を守った形として、日本円に換えてもらえるといった形だ。

そしてもうひとつ——紅龍を倒したことによる報酬があった。

「ア、アイテム欄もすごいことになってる……⁉」

そう。

紅龍の鱗、紅龍の両翼、紅龍の爪、紅龍の逆鱗などなど……。

俺が見たこともないレアアイテムが、アイテムボックス欄に沢山あったのだ。

「ふふ、いっぱいあるでしょ？」

美憂がなぜか嬉しそうな笑みを浮かべる。

「それを使って、強い武器を作りましょう。それで筑紫くん自身の攻撃性能ももっと上がるはずよ」


ダンジョン内における武器防具の作成。

それは探索者の持っている《魔物の素材》によって、幅が大きく広がってくる。早い話が、良質な素材さえ持っていれば、それだけ強力な武器防具を作れるということだ。

もちろんゴールドだけでも装備を作ることはできるが、それだとあまり良いものは選べないんだよな。ゲームでいうとスライムとかゴブリンみたいな、あくまで初心者向けの魔物しか相手できない。

そして一昨日の紅龍戦でも、俺はゴールドだけで買える武器を使用していた。

あくまで護身用に携帯していただけの武器だったが、やはりこんなものでは紅龍に歯が立たず……不便な思いもしたのが正直なところ。

もし郷山がこれから突っかかってくるのであれば、美憂の言う通り、より強い武器を選びたいのが本音だ。

「それで……え～と、選べる武器は……」

ステータス画面のなかから、俺は《武器作成》の項目を選択する。これも詳しい原理は不明だが、スマホと同じように画面をタッチするだけで操作が進むんだよな。

そして浮かび上がった《武器一覧》のなかで、目新しいものは左記のものだった。

・紅龍ギルガソード　攻撃力＋５００
・紅龍バルフレア　　攻撃力＋３００　炎属性の魔法、《フレアーソン》を使えるようになる

「う～～ん……」

まあ、たしかに強いんだけどな。

はっきり言ってしまえば、あまりパッとするものはなさそうだ。

まず紅龍ギルガソードはかなり攻撃力増強に長けているが、俺はもともとのステータスがべらぼうに低い。

霧島筑紫　17歳　所持スキル《ルール無視》　レベル17
物理攻撃力：41

物理防御力：56
魔法攻撃力：34
魔法防御力：45
俊敏性：71

では他の探索者はどのような数値を誇っているかというと、だいたい各ステータスの平均値が三百といったところか。

俺がいかにしょぼいステータスをしているか、もはや火を見るよりも明らかである。

これでも紅龍を倒したおかげで以前よりは強くなっており、レベルが上がったうえでこの数値なのだ。もはや絶望的という他ない。

そんな俺が紅龍ギルガソードを使っても宝の持ち腐れだし、紅龍バルフレアに至っては論外だ。

そもそもスキル《ルール無視》のおかげで、今の俺は炎属性の魔法が使えるようになっている。わざわざこれを求める理由がない。

ややがっかりしながら画面をスクロールしていった時、俺は目を見張る武器を見つけた。

・紅龍・極魔剣《きょくまけん》　魔法攻撃力＋５０００　常識外の魔法を扱える代わりに、その一回でＭＰが

尽きる

「こ、これは……」

探索者の経験が薄い俺でもわかる。

これはロマン追及型の武器であり、到底、実戦向きとは言えないだろう。

たしかに魔法攻撃力が五千もアップするのは破格だが、それだけでMPが尽きてしまうのでは意味がない。特にダンジョン探索中は連戦になる恐れもあるからな。

ちなみにMPの回復方法としては、専用アイテムを用いるか、《一定期間の休息》の二通りだけであり――。

命をかけてダンジョンを巡る探索者としては、どちらも大きな隙ができてしまうため、あまり好ましくない。

ロマンよりも生き残ることが重要視されるダンジョン探索において、これはやはり、「ロマンだけの武器」と言えた。

けれど。

俺は昨日の朝、たしかに次の能力を手に入れたはずだ。

・薬草リポップ制限時間　無視
・相手の攻撃力　無視
・炎魔法使用制限　無視
・ＭＰ制限　無視

あの紅龍との戦いで実感した通り、このスキルはすべてのルールを無視する。

つまりこの武器によって発生する「一回でも魔法を使用したらＭＰが０になる」というルールも、ひょっとしたら……？

「美憂、買う武器決めたよ」

「え？　なになに？　どれにするの？」

「紅龍・極魔剣」

「へっ？」

さすがの彼女も、驚いた様子で目を丸くする。

「ま、待ってよ。それはちょっと……」

「わかってる。でもこれには理由があってね」

その後、俺は自身のスキル《ルール無視》について改めて説明した。

昨日、紅龍と渡り合えたのはこのスキルがあったからということ。

このスキルのおかげで、俺は何度も何度もリポップし続ける薬草を採取できたということ。

そして今、このスキルには《炎魔法使用制限　無視》と《MP制限　無視》といった能力が追加されたこと。

それらをすべて伝えた時、美憂は「つ、筑紫くんがそこまで言うなら……」といって理解を示してくれたのだった。

★

「おお……！」

ステータス画面の《紅龍・極魔剣を作成しますか？》という確認画面に応じると、俺の目の前に、なんとも神々しい剣が出現した。

刀身のほとんどが紅《くれない》に塗りたくられ、そして各所には金色のラインが施されているな。心なしか剣全体が緑色のオーラに包まれており、文字通り魔剣のような雰囲気が感じられる。

「ほ、ほんとに《極魔剣》作っちゃったよ……」

俺が試しにぶんぶん剣を振り回していると、やや呆れ顔で美憂が呟く。

「筑紫くんの言うことだから受け入れたけどさ。たぶん今までの探索者で、その剣を作った人はいないよ？」

「え？　そうなのか？」

「うん。紅龍ってなかなか出現しないし、しかもすっごく強いからね。素材がもったいなさすぎて、《極魔剣》を作るくらいの余裕はないんだよ」

「マ、マジか……」

自信満々にこの剣を作ったは良いものの、今さらになって、とんでもないミスをしたんではないかと心配になってきた。当然のことながら、武器作成にやり直しはありえない。一度使った素材やゴールドは、基本的には戻ってこないのだ。

「う〜ん、そうだなぁ……」

美憂は数秒だけなにかを考え込むと、

「そうだっ！」

とひらめいたように相槌を打った。

「それなら、霧島筑紫、《極魔剣》を作ってみた〜〜〜〜〜〜！　って感じで生配信しようよ！　絶対ウケるよ、このネタなら‼」

「え……？　マジ？」

「うんうん。せっかくならバズって少しでもお金に換えたほうがよくない？　まだ郷山が来るまでには時間あるし！」

「それはまあ……たしかにそうかも」

俺が首を縦に振ると、美憂は、

「やった♪」

と嬉しそうに右腕を空に突き上げた。

それから自身のステータス画面をぽちぽちといじりだし、長い銀色のウィッグと、フリフリとした白色のワンピースに切り替える。

これこそが——俺が何度も動画配信サイトで眺めてきた、綾月ミルその人だった。

あんな服装どうやって用意したのか不思議に思っていたが、なるほど、ダンジョン内での装備品だったか。

また《綾月ミル》を演じるにあたって、顔にも大きなテコ入れをしているようだ。

童貞コミュ症の俺に詳しいことは何もわからないが、両目のラインがしっかり際立つようになって、肌もより潤いのある白色に輝いている。

化粧せずとも美憂は可愛いと思うが、やはり化粧ってのはすごいな。

あまり派手になりすぎない範囲で、まるで別人のように可愛らしくなっている。

さらに銀色のウィッグをも組み合わせてしまえば、たしかに綾月美憂とは見分けがつかないな。

あっぱれな変身である。

「ふっふ〜〜ん♪」

俺の沈黙をどう捉えたか、美憂が唇に人差し指をあて、悪戯っぽく笑った。

「どうしたのかな筑紫くん♪　まさか私の美貌に見惚れちゃったのかな？」

「え……っと、その、うん。とても可愛いと思う」

「へっ」

いけない、ミスった。

コミュ症かつ恋愛経験のない俺は、こういう時どう答えればいいのかが全然わからず。

思わずドストレートに褒めてしまった。

「ち、ちちち、違うんだよ。化粧したから可愛いって言ってるんじゃない。化粧する前の美憂も可愛いから、そこは勘違いしないでほしい」

「え、えええっ！」

さすがに驚いたのか、美憂が顔を真っ赤にして大声をあげる。

「ふ、ふふふん。そうでしょう。筑紫くんも、私のこと可愛いって思うでしょう」

「う、うん……」

「その殊勝な心意気やヨシ！　……で、でも、ちょっとだけあっち行っててていい？」

いったいどうしたのか、なにもない空間を指さす美憂。

「え？　別にいいけど……」

「あ、ありがと！」

美憂は猛ダッシュでここから十メートルほど離れると、両手で顔を覆い、足をくねくねさせ始めた。

「や、やばいやばい……。なんでこんなに胸熱くなってるの……。あんなの反則だよ……」

「…………??」

よくわからないが、遠くからでも呟いている内容が丸聞こえだった。


ともあれ、これにて準備完了。

美憂はいつも複数のカメラデバイスで撮影しているらしく、俺たちはその画面内に映り込む位置に立っている。

もちろん一台のカメラだと拾える範囲が少ないので、複数台で別々の角度から撮影してるようだな。さすがは人気配信者だけあって、このへんはかなり力を入れているっぽい。

「よし、それじゃ配信スタート‼」

美憂がそう声を張った、その瞬間。

「おい、おまえ……‼」

なんとも最悪なタイミングで、最悪な男——郷山健斗が姿を現したのだった。

第十五話 あまりにもお粗末な嘘

「え……？」

　突然の来訪者に、俺は驚きを隠せなかった。

　さっき時間を確認した時、まだ十八時にもなっていなかったのを覚えている。郷山がくるにはまだまだ早いのに、なぜこんなにも早くダンジョンに姿を現したのか。

　それだけではない。

　郷山の背後では、見覚えのある男子生徒が三名も見て取れる。

　いつも郷山に付き従っている子分的な存在で、いじめの加害者でもある連中だな。みんな運動部に所属していて体格がよく、基本的に力では敵わない。

　その子分たちは、どういうわけか対魔物用の地雷を片手に持っていた。ここは弱い魔物しか出現しないので、基本的にそんなものは不要なはずなのに。

　こうなってしまっては、もう生配信どころではない。

「美憂――いや、ミル。配信の停止を」

「う、うん」

　小声でそう呟くと、美憂は急いでスマホを取り出し、カメラの操作に取り掛かる。その際、なんだか「あれ、おっかしいな……？」と困った声を発していたが、正直それに構っていられる場合ではなかった。

「あん……？」

そして、いったいどうしたことだろう。

そんなミルを見て、郷山がぎょっとした声を発した。

「ああああああああああっ！　まさかあんた、綾月ミルか⁉」

「……え？」

美憂はカメラをいじっていた手を止め、きょとんとした表情を浮かべる。

「う、うん。そうだけど」

「おお、やっぱあんたこのへんに住んでたんだな！　どうりで――って」

郷山の言葉が途中で切れたのは、きっと脳内にひとつの疑問が浮かんだからだろうな。どうして俺と綾月ミルが一緒にいるのか……と。

「おい霧島。テメェまた綾月ミルにちょっかいかけてんのか？　やめとけやめとけ。テメェみたいなカス、綾月ミルが相手するわけねぇだろ」

ほらきた。

いつものように上からヘラヘラ笑みを浮かべて、馬鹿にしたような口調で。

さもそうするのが当たり前のように、平然と俺を貶めてきた。

「綾月ミルに憧れるのはわかるけどよ、ストーカーまでやるなんてさすが霧島だな。うっわ～～、キメ～！」

「…………っ」

怒りを抑えるように、俺が右拳を握り締めたその瞬間。

そんな俺を宥めるようにして、美憂が俺の肩に手を載せてきた。

「違うよ君。それでいったら、私が筑紫くんを追っかけてる側かな？」

「は……？」

……おお。これはすごい。

美憂は今完璧に《綾月ミル》を演じているが、その声に若干の怒りが滲んでいるのがわかる。

「なに言ってんだよ。おかしいだろ」

そんな美憂に対し、郷山が困惑顔で応じる。

「あんたが霧島を追っかけてる側って……どういうことだよ？　しかもなんで下の名前で……」

「ふふ、そうね。まだ発表してないけど、この際言っちゃおうか」

美憂は両手を腰にあてると、大きな胸を張って宣言した。

「霧島筑紫くんを、私のチャンネルのレギュラー出演者にしたいと思います！　彼は最初遠慮していましたが、私がストーカーしたことで見事に実現したんでっす☆」

「な……ななな……！」

そこで郷山が見せた間抜けな表情を、俺はたぶん一生忘れない。

「なんだとぉぉぉぉぉおおおおおおおお‼」

「だから筑紫くんがここにいるのは、別に全然不思議なことじゃないよ？　あなたと会うまでの時間を、配信にあてようと思っただけ」

「………」

「それで……えっと、なんだっけ？」

そこで初めて、美憂が少しだけ表情に怒りを見せた。

「たしかあなたたち、二十時にここで待ち合わせするんだったよね。なのにこんなに早く訪れて……しかも対魔物用の地雷まで持ってて。……いったい、なにをするつもりだったのかな？」

「そ、そそそそ、それは……！」

「しかも四人で来るなんてさ。これはちょっと、私も見逃せないかなぁ～？」

「くっ……！」

なにも言い返せなくなったのか、ぐっとうつむく郷山。

……おかしいな。

いつも論破されそうになったら、絶叫するか暴力に逃げるか、その二択なんだけどな。

今回はそのいずれにも走らないらしい。珍しいこともあるもんだ。

「……俺のほうが、いいと思ったんだよ」

果たして数秒後、郷山がぼそりと呟いた。

「俺のほうが、そいつより強い。俺のほうが……あんたのパートナーにふさわしい。それを証明するために、ここに早く来たんだよ」

「へぇ……？　じゃあ、その地雷はどういう意味？」

「こ、これはこいつらが収納し忘れただけだ。俺は知らねえ」

「ふ〜ん……」

あまりにもお粗末な嘘だが、美憂はそれを指摘しない。あまりにも馬鹿馬鹿しいと思ったんだろう。

「それで？　あなたはわざわざ、筑紫くんより自分のほうが強いって証明しにきたってこと？」

「そうさ。俺の所有スキルは《攻撃力アップ（特大）》。どうだ、俺のほうがパートナーにふさわしいと思わねえか？　動画映えもするだろうしよ」

「そうねぇ……」

そこで美憂はなにを思ったか、一瞬だけこちらを振り返ってウィンクしてきた。

「そしたら、サシで決闘してみたらどう？　それならあなたの強さを証明できるんじゃない？」

第十六話 伝説の配信切り忘れ①

ディストリア：1コメ

バルフ：1コメ

ゆきりあ：3コメ

バルフ：ディストリアニキ早すぎｗｗｗ

レイヤ：ディストリアニキに勝てるわけないだろ、いい加減にしろ！

リストリア：お、よかった。紅龍戦のあと、ちゃんと無事に帰れたみたいだね

ファイド：同接もう二万人超えｗｗｗｗ　前の配信からまたバズってんな

リース：ん？

ゆきりあ：なんだ？
ムーマロイド：トラブル？
鹿島：ん？
バルフ：またなんかおかしくね？
ファイド：つかこいつ、郷山じゃね？　前パブロックとコラボしてた奴
バルフ：あ、わかった！　こいつ郷山だ！
リース：えw　ってことはあのアイタタ破壊神くん？
うしお：たしかにあいつ、いつもコメントしてくるのに今日はいないなwww
ディストリア：《50000円　チケット》　よかったよミルちゃん。少し心配だったけれど、君

なら絶対に生きて帰れると信じていた。これからの人生は前途多難だろう。前みたいに強敵が襲ってくることもあるかもしれない。そんな君の旅路を少しでも支援するために……僕からの気持ちを、君に捧げるよ。

ディストリア：《50000円チケット》　もう一回

みゅう：ってかこの男の人、噂の霧島って人？　え、超かっこよくなってない？

るきなー：イケメンきた──────！

リストリア：おお、霧島くん髪切ったのか！　だいぶ印象変わったね

みゅう：チャンネル登録した。もっと霧島くん出して

るーば：あれ、配信切るの？

ゆきりあ：ん？

ばす：あれま

レイヤ：ミルちゃん、切れてない切れてないｗｗｗ

バルフ：え？　ってことはまたガチのトラブル？

バーバス：切れてないぞ

みゅう：え⁉

バルフ：伝説の霧島筑紫、レギュラー化キター‼

るきなー：やば。これから毎日見よ

レイヤ：配信切り忘れのまま衝撃の発表があった件についてｗｗｗｗｗｗ

美里：チャンネル登録した

みゅう：霧島くん会いたい

美里：《50000円チケット》　霧島くんにあげて

ファイド：マジかよ破壊神くん、最低だな

ゆきりあ：喧嘩前に地雷ｗｗｗｗｗｗ

リース：さすがにダサすぎて草

ゆきりあ：あからさますぎるだろそれｗ

レイヤ：ミルちゃん怒ってるｗｗ　珍しいねｗｗ

リストリア：いやいや、さすがにその嘘は苦しいのでは…

ゆきりあ：自分のほうがパートナーにふさわしいってｗ　どの口が言うんだよアイタタ破壊神くんｗ

バルフ：つかなんでおまえがここで生配信やるの知ってんだよｗｗｗｗｗ　嘘下手過ぎて草

鹿島：ミルちゃんも呆れてるね

バーバス：え、ここで決闘!?

ゆきりあ：マジ!?　ｋｔｋｒ

ファイド：てかまだ配信切れないんだがｗｗｗ　ミルちゃん完全に切り忘れてるだろｗｗｗ

バルフ：配信切り忘れたまま決闘ｗｗｗ

ゆきりあ：こりゃまたソラキンに取り上げられるね。誰か情報提供してきてよ

リース：すげぇ、同接が一気に五万人ｗ

鹿島：前回より人数が桁違いで草

ディストリア：《50000円チケット》　ふふ、君が今、このコメントを見えなくとも構わない。
そういうちょっと抜けたところも含めて……僕は君に惚れたのだから

みゅう：《50000円　チケット》　霧島くん大好き

第十七話　なんで死にそうになってるのか、それがわからない

「へへへ……霧島。俺がなんで月島高校の《破壊神》って呼ばれてるか……知ってるか？」

郷山がステータス画面をいじりながら、いくつもの装備を出現させる。

「そりゃあな、ごくごく単純に俺様が強いからさ。俺様に壊せねぇものなんて……ねぇんだよ」

そう言いながら郷山が身に着けた装備は、たしかに強力そのものだった。

両手に持っているその大剣は、たしか《漆黒剣ゲーテ》と言われているものだろう。漆黒に塗りたくられた禍々しい刀身と、各所に埋め込まれている赤色の宝石が、なんとも邪悪な雰囲気を醸し出している。

防具に関しても同じだ。

暗黒を基調にデザインされた大きな鎧で、心なしか闇色のオーラを放っているようにも見えるな。

「はっはっは、かっこいいだろ？　俺様」

その装備を見せつけるようにして、郷山が様々なポーズをとる。

率直に言ってキショかったが、もちろんその気持ちは胸の内に留めておいた。

「この装備一式は、漆黒龍ゲーテを何度も何度も狩ってやっと揃えられたもんだ。大変だったんだぜ？　これを全部揃えるのはよぉ……」

なんと。

漆黒龍ゲーテはA級の魔物として知られているし、たしかにそいつを何度も狩るのは骨が折れるだろう。人に自慢したくなる気持ちもわからなくはない。

「それに引き換え、なんだテメェ……その剣は」

郷山は俺を指さし、いつも通りの馬鹿にした表情を浮かべる。

「俺にもわかるぜ？　紅龍・極魔剣――せっかくの貴重な素材を、ネタ武器に使っちまったんだなぁ。マジおまえ馬鹿、カス」

「……あの～、そろそろいいかなぁ？　私、悪口ばかり言う男の人……だいっきらいなんですけど・・・・・・・・・・」

横から仲裁を入れてくる美憂。

セリフの後半部分がやたら冷たいトーンだったのは、きっと俺の気のせいではないだろう。

「あ、はい、申し訳ない……」

そんな美憂に対し、郷山は素直に押し黙る。

こいつ……美憂にだけは妙にしおらしいな。

「それじゃ、決闘開始ね。どっちかが降参するか、私が止めたらその時点で終了。オッケー？」

美憂の問いかけに、俺と郷山が同時に首肯する。

そして。

「じゃ、はじめーーーーーーーー！」

美憂の大声を皮切りに、

「おらぁぁぁあああああああああああ！　死ねぇぇぇえええええ‼」

開幕から、郷山が勢いよく突っ込んできた。

「《攻撃力アップ（特大）》を使える破壊神様の一撃だ！　喰らえぇぇぇえええええええ‼」

――おいおい、マジか。

俺は先日、紅龍の攻撃を何度も受け止めてきたのに。

常識に照らし合わせれば、そのスキルだけで勝てるわけないのはわかるはずなのに。

あの様子だと、てっきりあいつも一昨日の配信を見てたと思ってたんだが……。その上で突っ込んでくるということは、もしかして、他に深い考えがあるのだろうか？

さすがにそうだよな。だってこいつ、探索者としては俺の大先輩だし。

――カキン、と。

郷山が振り下ろした大剣を、俺は自身の剣で受け止める。

もちろん《ルール無視》の《相手の攻撃力　無視》を発動した上で、だ。

「はっ……？」

まさか驚愕したのだろうか。

事もなげに攻撃を受け止めた俺に、郷山がぎょっと目を丸くする。

「おい……、なんだよ、なんでおまえが受け止めてんだ……？」

「いやいや、一昨日の配信見てたんじゃなかったか？　当たり前じゃないかこれくらい」

「こ、これくらいだと……⁉」

またも表情を引きつらせる郷山。

「き、霧島のくせに俺様を煽るたぁな……！　いい度胸してんじゃねえか、おお……？」

「いや、そうじゃない。俺はあくまで常識を言ってるだけだ」

「て、てめぇええええええええええええええ‼」

なぜか激しくブチ切れる郷山。

その後も何度も何度も俺に剣撃を浴びせてくるが、はっきり言ってぬるい。郷山はこれでも先輩探索者だし、有名配信者ともコラボしていた実力者だ。さすがに他に考えがあるんだと思うが……。

「そりゃ」

試しに剣を振り払ってみると、

「ぷりゃあああああ‼」

と変な奇声をあげて飛んでいった。

ズドォォォォォオオオン！　と。

勢いよく壁面にぶつかっても平気で立ち上がったのは、あいつが高級装備を身に着けているからか。

「ぜぇ……ぜぇ……くっそ……！」

息切れがものすごく激しいが、もしかして疲れてるのだろうか。そんなわけないよな。

「ゆ、許さねえ……！　こうなったら奥の手を使ってやる……！」

そう言って、なにやらステータス画面をいじり始める郷山。

やはり俺の思った通り、あいつには考えがあったみたいだな。

学校中で尊敬されている郷山が、こんな馬鹿のひとつ覚えみたいに突っかかってくるなんてありえないし。

そう思って、俺は二つの新能力――《炎魔法使用制限　無視》と《ＭＰ制限　無視》を起動するのだった。


「へっへっへ……。こんなレアアイテム、てめぇ持ってねえだろ……？」

そう言って郷山がアイテムボックスから取り出したのは、なんと《パワフルエナジー》。

もちろんダンジョン内にだけ適用されるものだが、飲めば一定時間、スタミナが格段に減りにくくなるチート級アイテムだ。

――まさかこの決闘でアイテムを持ち出してくるとはな。

卑怯だと思わなくもないが、それならこちらも油断せずに応じるまでだ。

《炎魔法使用制限　無視》。

このスキルを用いれば、たぶん炎属性の魔法ならすべて使えるのだろう。

ただいきなり強力な魔法をぶっ放すのは危険なので、まずは初級魔法のファイアボールから使ってみるか。

「はっ！」

俺が右手を突き出すと、その掌から大きな火球が放たれる。

それと同時、火球はすさまじい速度で郷山に襲い掛かるが――。

「おうっと」

郷山はそれをこともなげに躱した。

「はっはっは、ほんとバカだなおまえ。ＭＰが一回で尽きるのに、そんなしょべえ魔法なんか使ってる場合じゃ……」

ズドォォォォォォォオオオオン‼

郷山が言い終わらないうちに、奴の背後でとんでもない爆発が巻き起こった。

避けられたファイアボールが壁面に激突し、さながら兵器がぶっ放されたような衝撃が生じたのだろう。

――なるほど。

もちろん通常のファイアボールならこれほどの威力を出せないが、さすがは《紅龍・極魔剣》。ダンジョン内の壁の一部を、見事に破壊してしまっている。

「へ、へへへ……。さすがにとんでもねえ威力だが、おまえはこれを一回しか使えねえ……。しくじったな」

「ファイアボール」

「へ――」

今度からは容赦しない。

ファイアボールを三つ同時に出現させ、時間差で郷山に放出していく。

ズドォォォォォォオオオオン！　ズドォォォォォォオオオオン！　ズドォォォォォォオオオオン！

「お、おいおい！　おかしいだろ！　なんで……!!」

「ひ、ひぃぃぃぃぃぃぃぃいいいいいいいいいい!!」

郷山の周囲で立て続けに大爆発が発生し、奴の周囲が文字通り荒れ果てる。

しかし当然というべきか――郷山は三つの火球をすべて躱したようだな。さすが《パワフルエナジー》を使ってるだけのことはある。

であれば今度は、十個のファイアボールを使ってみるまでだ。

「や、やめてくれぇぇぇぇぇぇぇぇぇぇ!!　死ぬ！　死ぬ死ぬ!!」

なにやら叫び声が届いてくるが、轟音にかき消されているせいで、なにを言っているのか全然わからない。

だがまあ――郷山のことだ。たぶんいつもと同じく憎まれ口を叩いてるんだろうな。

容赦する理由はまるでどこにもない。

漆黒龍ゲーテの防具を身に着けている以上、まさかファイアボールなんかで死にはしないだろうし。

ドォォォォォォォオオオオン！

ドォォォォォォォオオン！

ドォォォォォォン！

「や、やめてくれぇぇぇぇえええ！　壊れる！　壊れる！」

「二年かけてやっと作り上げた防具なんだぁぁぁあああああああ！　やめてくれぇぇぇぇええええ!!」

「助けてくれぇぇぇえええええええ！」

「壊さないでくれぇぇぇぇぇぇえええええ!!」

うん……良い感じだな。

《紅龍・極魔剣》によって生じるデメリットを、《MP制限　無視》が良い具合に掻き消してくれている。

もともとのステータスが高ければ、もっと高い威力を出せるはずなんだけどな。

底辺の俺だからこの程度の威力しか出せていないが、まあこのへんは、地道にレベルをあげていくしかないか。

「さて、ウォーミングアップはこれくらいかな。そろそろ本気で戦おうじゃないか、郷山」

「はぁっ……はぁっ」

しかし。

消えゆく黒煙のなかから現れた郷山は、なぜか変わり果てた姿になっていた。

あれほど自慢していた漆黒龍ゲーテの防具は見るも無残に破壊され、ところどころ奴の肌が露出してしまっている。あれではもう使い物にならないだろう。

しかも《パワフルエナジー》を飲んでいたはずなのに、息切れもめちゃくちゃ激しい。

「なんだ……どうしたんだ郷山。なんで防具がそんなに壊れてるんだよ」

「な、なんでじゃねえ……。おまえがやったんだろ……」

「いやいや、さすがにファイアボールなんかで漆黒龍の防具は壊れないのでは？」

「くっ……て、てめぇ霧島、許さねえ……！」

「えっ、まだ戦うつもりなの？　郷山くん」

怒りを露わにする郷山に、美憂がゆっくりと歩み寄る。

「筑紫くん、さっき『ウォーミングアップはこれくらい』って言ってたよ。まだ本気出してないんじゃないかな？」

「う……うん。だって使ってたのはたかがファイアボールだし。できたら他の魔法を試してみたいだけど……」

「そうみたいよ？　郷山くん、まだまだ戦えるんだっけ？」

「えっ⁉　そ、そそそそそ、それは……‼」

急にどうしたんだろう。

さっきまであんなに威勢よかったのに、急に慌てふためいてしまっている。

「い、いや、本当は俺も戦いたいんだけどな。そろそろ帰らないといけなさそうな時間に……」

「時間って、まだ二十時になったばかりよ？　本来はこれから決闘する予定だったんじゃないの？」

「ぐ、ぐぅううううううううううう……！」

いったいどうしてしまったのだろう。

郷山の奴、目に涙を溜めてしまっている。

「と、とにかく今回は中止だ‼　また改めて勝負を挑んでやる！」

そう言って、奴は逃げるようにしてダンジョンから去っていった。

第十八話　伝説の配信切り忘れ②

ユウキ：ｗｗｗｗｗｗｗｗｗｗｗｗｗｗ

るーしす：ｗｗｗｗｗｗｗｗｗｗｗｗｗｗｗｗｗ

バルフ：ちょｗｗｗ　自称破壊神が逃げ回ってるｗｗｗ

レイヤ：ｗｗｗｗｗｗｗｗｗｗｗｗｗｗｗｗｗｗｗ

リストリア：これはすごい……！　ＭＰがなくなるデメリットを、どういうわけか帳消しにしてる……!?

デスラ：つーか、これどっちが破壊神だよｗｗｗ

ムーマ：ソラキンから

ばーどす：ソラキンから

ゆきりあ：たしかにこれ、むしろ霧島少年のほうが破壊神だなｗ

ゆーりあ：すげぇ、同接七万超えてるじゃねーかｗｗ

むーれす：今北産業

リース：自称破壊神（笑）こと郷山が霧島少年に喧嘩を売った。霧島少年は《紅龍・極魔剣》を使ってるのに何回も魔法を使いまくってる。郷山が逃げ回ってる

むーれす：なるほどわからん

デスラ：つか自称破壊神（笑）さん、なんだか泣き声あげてね？

ユウキ：たしかになんか泣いてるなｗｗｗ　うまく聞き取れないが

バルフ：うっすら聞こえたぞ　助けてぇえええええええ！　って命乞いしてる

ムーマ：マジかよ、ダサすぎだろｗ

リストリア：しかも霧島くん、こんなに強い魔法連発してるのに涼しい顔してるね……。僕たちは今、とんでもない光景を見ているのかもしれない……。

みゅう：《50000円　チケット》　涼しい顔してる霧島の横顔かっこよすぎ、人類の宝

美里：《50000円　チケット》　やばｗ　郷山、泣き叫びすぎじゃんｗｗｗ　いつもはあんなにイキがってんのにさ。あ、霧島くん大好き

デスラ：つかファイアボールのくせに強すぎて草

ムーマ：信じられるか？　初級魔法なんだぜ、これで

ゆきりあ：ねぇねぇ郷山くん、いまどんな気持ち？ｗ　さんざんネタ武器って馬鹿にしてた剣に蹂躙《じゅうりん》されてるねぇｗｗｗ　どんな気持ち？　ねぇねぇｗｗｗｗｗｗｗ

むーれす：これ完全に放送事故じゃねえかｗｗ

デスター：お？

れあす：お、終わったか？

レスト：霧島少年、魔法打つのやめたな

美里：あんなに郷山にひどいことされてたのに……。霧島くんってば中身もかっこよすぎ

シオン：《50000円　チケット》霧島くんこっち見て

鹿島：あれｗｗｗ　自称破壊神（笑）くん、ちょっとボロボロすぎやしませんかねｗｗｗ

ムーマ：ｗｗｗｗｗｗｗｗｗｗｗｗｗｗ

バードス：ｗｗｗｗｗｗｗｗｗｗｗｗｗｗｗｗｗｗｗｗ

レスト：漆黒龍の装備がｗｗｗ　完全に壊れてるｗｗｗ

ゆきりあ：しかもまったく同情できねえのがすごいよな

ユウキ：因果応報で草

デスラ：ざまぁぁぁぁあああああああｗｗｗｗｗ

リオン：マジかよ、霧島少年、あれでウォーミングアップだったのかｗｗｗ

リストリア：すごいね……。完全に僕を超えてるよ

ムーマ：あれで手加減してたってマジ？

ぶすたー：伝説の探索者だよな、本気で

美里：郷山、いつもひどいことしてきたのに……霧島くんはちゃんと手加減できるんだね……ほんとにすごい

みゅう：《50000円　チケット》霧島くんかっこよすぎ

デスラ：顔も中身もイケメン、はっきりわかんだね

ゆきりあ：ちょｗ　完全にびびってんじゃんｗｗｗ

デスラ：完全に立場が逆転してるな

ムーマ：悔しいのぅ悔しいのぅｗｗｗｗ

デスター：たしかにいま二十時だよなｗｗｗｗ　その言い訳絶対におかしいだろｗ

美里：だって郷山だもん。なにも考えてないんだよ

レスト：あ、逃げたｗｗｗｗｗ

三上：だっさｗｗｗｗｗｗｗ

シータ：ｗｗｗｗｗｗｗｗｗｗｗｗｗｗｗ

みゅう：ちょっともう我慢できない、霧島くんに抱かれたい

美里：は？　駄目だよ、私が先にいくから

シオン：《５００００円　チケット》霧島くん、お願いだからこっち見て

デスラ：女の決闘はまだまだ終わる気配なくて草

第十九話 なぜか聖人扱いされてるけど、その理由がわからない

「こ、これは……⁉」

翌朝。

登校前に軽くスマホをいじっていた俺は、思いがけず信じがたいネット記事を見かけてしまった。

――伝説の探索者あらわる　その名は霧島筑紫
――どっちが破壊神だ⁉　上級魔法を涼しげに放ち続ける謎の少年
――綾月ミルを助けた高校生さん、あの郷山健斗をこともなげにＫＯ
――パブロックともコラボ配信していた郷山健斗、学校内ではひどいいじめをしていたことが発覚。現在、学校に問い合わせが殺到中

昨日の決闘を取り上げている記事の、なんと多いことか。

ただでさえ美憂は有名配信者なのに、そこにインフルエンサーのソラキンまでもが乗り込んできているからな。もはや収拾がつかない事態に陥っている。

記事のコメント欄は怖くてあまり見られていないが、なぜか俺を聖人扱いする声が多かった。

――これをいままで黙って耐えてた霧島くん聖人
――自分だって大変なのに、あのとき身体張ってミルちゃんを助けた神

……と、わけのわからない持ち上げっぷりをされていたのである。

それ以上は恐ろしくなったのでコメント欄を閉じてしまったが、いずれにせよ、昨日の配信から大きく事態が動き出していることはたしかだった。

「くそ……まさかあのとき、配信を切り忘れていたなんて……」

そう。

郷山が尻尾を撒いて逃げていった後、俺たちもさすがに疲れたので、それぞれの家に帰ろうとしたんだよな。

そして撤収の準備をしている間、急に美憂がとんでもない大声を発したのだ。

「ああああああっ！　やっば！　配信切り忘れてるぅぅぅぅぅぅぅうううう‼」

と。

要するに郷山との決闘は、全国の視聴者へ筒抜けだったということになる。

あんな身内の喧嘩話を見たって、視聴者はなにも面白くないと思っていたんだがな。それが予

想以上にハネてしまったらしい。

ほんと、世の中ってなにが起こるかわからないよな。

たかがファイアボールを打っているだけのシーンがハイライトとして取り上げられているが、初級魔法なんぞ眺めていたって、なにも面白くないだろうに。

まあいずれにせよ……今日も学校だ。

なるべく隠れていたい気持ちもあるが、ここは勇気を出して登校せねばならない。

そう覚悟を決めて、俺は朝の洗顔に向かうのだった。


家を出てから数分後。

「あ、霧島くん。久しぶり」

ふいに背後から声をかけられ、俺は思わず身を竦ませる。

「え、えっと……塩崎さん？」

「あ、覚えていてくれたんだね。よかった……」

——塩崎詩音《しおざきしおん》。

たしか去年同じクラスだった女子生徒で、まあ一言でいえば、高嶺の花である。

腰まで伸びた黒髪に、大人しそうながらも可愛らしい顔立ち。そして胸部は無意識に視線を向けてしまうほどに大きく、まあはっきり言えば、男の夢をすべて詰め込んだような女子生徒だ。

もちろん、それだけにお近づきになりたい男子生徒も沢山いたはずだが——。

反面、すさまじい塩対応っぷりで知られているのも彼女の特徴だった。

なにを話しかけても「それで？」「だから？」「で、用件は？」とあしらわれるだけなので、その意味でも校内で有名人だったはず。

そんな彼女がまさか自分から話しかけてくるなんて、よっぽどのことがあるんだろうと思ったが——。

「あのねたまたまあなたの後ろ姿を見て。前は同じクラスだったし一年の時はあまり話せていなかったけど実は気になってたしこういう時」くらいしか話す機会がないから声かけちゃったけどよかったら私たち付き合わない？」

「…………え？」

さすがに早口すぎて、なにを言ってるのか全然わからなかったが——。

最後にとんでもない発言が飛んできたことだけは、はっきりと伝わってきた。

しかも通学中、彼女の姿を見た記憶が一度もないんだが。たまたまっていうところにも明らかに不自然さがある。

「と、とりあえず、さすがに付き合うっていうのは……早いんじゃない？　俺もそんなたいした人間じゃないし……」

「む。簡単に手を出してこない。今までの男と違う。やっぱり筑紫くんは聖人」

「…………」

駄目だ。

さっき読んだネット記事のように、なぜか俺が聖人のように扱われてしまっている。そして当の俺には、その理由が全然わからない。

「じゃあ、せめて一緒に学校いこ。……それも、ダメ？」

「う」

上目遣いに見つめてくるのは反則だった。

「そ、それなら別に……。じゃあ、一緒にいこうか」

「こ、これはすごいことになってるな……」

数十分後。

月島高校の校門付近に辿り着いた俺は、思わず感嘆の息を発してしまった。

テレビ局の腕章をつけた大人や、大きなビデオカメラを肩に担いだ大人たち。簡単には数えきれないほどの記者たちが、校門の前で沢山待ち受けていたからだ。

「すごいことになってるって……まるで他人事みたいね」

隣を歩く詩音が、やや溜め息まじりに答える。

「これ全部、霧島くんが理由だよ。みんなあなたを探しにきてるの」

「え……？　な、なんで？」

「なんでって……ニュース見てないの？　霧島くん、今すごい人気者なんだよ」

いやいや人気者って……。

ニュース記事に取り上げられていたこと自体は知ってるが、俺なんてただの高校生だぞ。

つい最近までは学校一の陰キャだと呼ばれていた俺が、人気者になるなんて絶対にありえない。

「でも、これは困ったね詩音さん……。これじゃ学校に入れない」

「そうね。〝秘密の裏口〟から入ろっか」

ちなみに下の名前で彼女を呼んでいるのは、塩崎さん――改め、詩音自身からそう要望があったためだ。

なんだか直近で似たような展開があった気がしなくもないものの、断ろうとすると、本当に悲しそうな顔をするんだよな。

だから観念して詩音と呼ぶことにしたのだが、これがまたすごい嬉しそうなのだ。

なにが喜ばしいのか、俺には全然わからないけどな。

悲しませるよりは百倍マシなので、もう下の名前で呼ぶようにしている。

「あ……大丈夫そうね。ここならやっぱり、記者さんたちもいない」

そして俺たちが辿り着いたのは、生徒たちの間で〝秘密の裏口〟と呼ばれている出入口だ。

木々の隙間を縫って入ることになるため、通ろうとすると葉っぱが制服についてしまうが――

遅刻ギリギリの生徒や、わざわざ校門まで回り道するのが面倒な生徒たちは、たまにここを使って出入りしている。

そんな経路を記者たちが知っているはずもなく、取材班も一人もいない。

おかげさまで無事、登校することができそうだ。

「ところでさ……霧島くん。すぐには付き合えないって、さっき言ったじゃん？」

「うん。さすがにそれは唐突かなって……」

「それなら、今この場でエッチするのはどう？」

「いやいやもっと唐突なんだけど⁉」

まるで意味がわからん。

いきなり下の名前で呼ばせてくることといい、彼女はどこかずれているな。

可愛いことには変わりないんだが、ちょっと中身が残念っぽいっていうか……。俺もまあ、人のことは言えないんだけど。

「む～。さすがは聖人だね、他の男は私の外見だけ見て寄ってくるけど、やっぱりあなたは普通の男と全然違うけどそれがまたいい、これは私の初恋の予感」

「……ごめん、よく聞き取れなかったんだけど」

「ふふ、いいのいいの。とにかく私の目標は、あなたに私のおっぱいを触ってもらうことだから」

「意味わからないんですが……」

「今のうちにアピールしておくけど、Fカップで自分でもうっとりするほど柔らかいよ」

「聞いてないから！」

少しでも想像してしまった自分が恥ずかしい。

……というしょうもないやり取りをしているうちに、朝のホームルームの時間がやってきた。

「じゃあ、連絡先交換しよ？」

半ば無理やり詩音から連絡先を交換させられ、俺たちはそれぞれ自分のクラスに入るのだった。


当然というべきか、学校の様子もいつもと違った。

ホームルームの時間になったにもかかわらず、担任は一向に現れない。学級委員が職員室を覗きにいったそうだが、みんな電話応対などで忙しそうだったという。

それだけではない。

いつもは教室で偉そうにしている郷山も、そしてその取り巻きたちも――まだ姿を現さない。

朝早く登校した生徒によると、彼らはみな校長室に呼ばれていったのだとか。

普段はゴリラさながらにうるさい郷山だが、その時に限っては明らかに顔が死んでいたらしい。

そして現在に至っても、まだ帰ってこないという。

もしかしなくても、昨日の件だろうか……？

「二年三組、霧島筑紫くん。二年三組、霧島筑紫くん。職員室までお願いします」

そんなふうに思考を巡らせていると、ふいに校内放送がかかったのだった。

第二十話　郷山の情けない素顔

〜霧島が学校に赴く少し前〜


「ちくしょう……ちくしょう……。なんで俺が……ッ‼」

ピロン♪　ピロン♪　ピロン♪

断続的に鳴り響くスマホの着信音に、郷山健斗は身を震わせていた。

「なんでだよ、俺は悪くねえだろ……！　あいつが陰キャで気持ち悪ぃのが全部悪いだろ……‼」

——ねぇねぇ破壊神（笑）くん、いじめてた相手にボコボコにされてどんな気持ち？
——あーあw　このデジタルタトゥー、一生消えないねぇwww　悲しいねぇwwwwwww
——親の顔が見てみたいわマジでwwwwwwwww

どうやら昨日の霧島との決闘は、なんと生配信にて世界中に流されていたらしい。

インフルエンサーのソラキンがそれを広げ、俺が逃げ惑っている切り抜き動画が配信サイトに投稿され、SNSのトレンドには「破壊神（笑）」があがってしまい……。

結果、もはや手のつけられないほどに昨日の決闘が世界中に知られてしまった。

「くっそ、くっそ……！」

だから郷山は今、自室のベッドにてうずくまっていた。

学校には行けなかった。

昨日の決闘がこれほど拡散されてしまっている以上、月島高校の生徒たちもこれを知っている可能性が非常に高い。

誰かに馬鹿にされているのを耐え続ける……これは郷山にとって、これ以上ない屈辱だった。

見下されていいのは、霧島のような陰キャだけだ。俺様のような圧倒的陽キャが迫害されるなんて、世の中狂っているとしか言いようがない……と。

しかし、現実は無情なもの。

――郷山健斗。校長先生がお呼びです。本日8時に校長室に来なさい。なお本命令に従わない場合、強制的に退学処分とす――

つい先ほど、担任の教師からこんなロインが届いたのである。

このタイミングで校長室に呼ばれる理由など、もはや考えるまでもなく明らかだろう。

ネット記事によると、いじめを容認していた学校に電話が殺到しているようだし――郷山にとってあれは「いじめ」ではなく「単なる暇つぶし」であったが――その件であることは間違いない。

　だから自身に鞭打ってでも、今日は学校に行かねばならない。

　月島高校といえば、地元ではそこそこ有名な進学校。それを退学になってしまったら、高校受験の際、必死に勉強したのが無駄になってしまう。

「健斗。起きてたのね」

と。

　そろそろ身支度を始めようかと思い立った時、母親の弥生《やよい》が部屋に入ってきた。

「マ、マッマ……」

「まったくあなたは仕方ない子ね。私の手間が増えちゃうじゃないの」

「ごめんマッマ。俺……」

「いいのよ別に。これくらいの不祥事はね、適当にもみ消しておけばいいの。あの時のようにね」

　――郷山弥生。

　彼女も現役の探索者で、たしか掲示板ではSランク認定されているほどの凄腕冒険者だ。

　使えるスキルは《魔物召喚》。

　弱い魔物から強い魔物まで、みずからの手で呼び出し、使役することができる。

　郷山には詳しい事情は不明だが、昔、霧島の親ともなにか一悶着あったようだな。

　そのせいで霧島家族を目の敵にしており、その息子たる筑紫をいじめ抜けと言ってきたのも、この母——弥生だった。

「行きましょう。学校に呼ばれてるんでしょう？　その様子だと」

「マッマ……。助けてくれるの？」

「任せておきなさい。私たちに牙を剝くとどうなるか……お父さんの時と同じ苦しみを、味わわせてあげるから」


というわけで、郷山は今、月島高校の校長室にいた。

もちろん、母を伴った上でだ。

「……な、なぜお母さまが？　私が呼んだのは生徒だけのはずですが」

テーブルを挟んだ向かい側で、開口一番、校長があきれ顔でそう述べた。

「そ、それは……マッマがそう言うから……」

「マッマって……。郷山くん、君は……」

微妙になった空気感を、校長が「こほん」と咳払いをして仕切りなおした。

「郷山健斗。改めて……君の処遇について話をさせていただきましょうか」

そこで表情をぐっと引き締める校長。

「ひっ…………」

顔全体に刻み込まれた深い皺に、郷山は小さく縮こまった。

「とはいえ、もうわかっているでしょう。君の不適切な言動によって、我が校の信用は地に堕ちてしまいました。今も先生方が電話応対に追われています。君の無思慮な行動のせいで——通常の学校運営がまるで成り立たなくなってるんですよ」

「…………」

「学則第五十一条。学生が本校の命令に背き、公序良俗に反する行為があったとき、本校は学生を懲戒処分に付することができる。懲戒は、譴責《けんせき》、停学、退学の三種とする」

手元にある書類を読み終えると、校長の鋭い目線が郷山に突き刺さった。

「……よって郷山健斗。君の処分も決めさせてもらいました」

「…………」

「本日付で、君には停学一年の懲戒処分を命ずることとします。しばらく自分を見つめなおし、己の愚かさを猛省しなさい」

「あ……」

停学。

それは郷山にとって、最も聞きたくない言葉の一つだった。

停学になってしまえば、当然、今の同級生たちとまともに学校生活を送ることができなくなる。今こきつかっている後輩たちとも同じ学年となり、一年遅れた状態で学校生活を送らねばならない。

それは郷山にとって……最大の屈辱だった。

「本当は退学処分にすることも考えましたがね。本件については、いじめを見過ごしていた我々にも問題があります。生徒一人にすべての責任をなすりつけるわけにもいきませんのでね」

そんな……。

自分はただ、軽い気持ちで〝暇つぶし〟をしてただけなのに。

ただ単に、母に言われるがままにあいつを痛めつけていただけなのに。

そんな思考を巡らせながら、郷山は隣に座る母――弥生に目を向ける。

「マ、マッマ……」

しかし弥生は今の話を特に気にすることなく、気怠そうに校長に視線を向ける。

「……で？　話は終わったかしら？」

「は……？」

きょとんとする校長。

「なにをおっしゃる。あなたは今の話を聞きにきたのではないのですか」

「そんなわけないでしょう。ここまで炎上している以上、懲戒処分は免れない。そんなわかりきったことを、わざわざ確かめにくるわけがないでしょう？」

「…………では、いったい何の用で？」

「決まっています。この騒動の渦中にいる霧島筑紫。彼を一緒に陥れませんか」

校長室に沈黙が広がった。

さっきまで威厳を保っていた校長でさえ、数秒間たっぷりと固まっている。

「すみませぬ。何をおっしゃっているのか、まるで理解が……」

「おや。この期に及んでシラを切るつもりですか？　私が誰なのか——わからないわけではないでしょう？」

そこで弥生は懐から名刺を取り出し、それをデスク上に差し出した。


——ダンジョン運営省　探索者育成局　局長　郷山弥生

「……これがなにか？」

「簡単なことです。マスメディアを使えば、世論操作なんて簡単。今は健斗を停学にするだけで精一杯ですが、時間を置いて、霧島を悪者に仕立て上げるんです。……そうすれば高校の名誉は回復しますし、あなたの出世にも悪くない影響が出る。そうではありませんか？」

「し、しかし……」

そこで校長はそこで一拍置くと、ふうとため息をつき。

ゆっくりと立ち上がりながら、弥生を見下ろした。

「郷山弥生さん。あなたがそこまで霧島くんに執着するとなれば……やはり、昔の週刊誌に載っていた情報は本当だったということですか」

「おや？　なんのことだかわかりませんが」

「ならばずばり言いましょう」

校長はそこで真っすぐに弥生の瞳を見据えた。

「今でも不運な事故として処理されている、霧島筑紫くんの父親の死亡事故。死因は連続して襲い掛かってくる緊急モンスターだったとされていますが、あなたの使用スキルは……《魔物召喚》でしたね？」

――郷山弥生。


一部週刊誌の報道によれば、今から十五年ほど前、彼女はある男に想いを寄せていた。

その男の名は……霧島雄一《ゆういち》。

誰もが認める男前な風貌に、そして利他の精神を忘れない好青年。それでいて当時Ｓ級の探索者と言われていたほどの実力者。

弥生が惚れ込むのも必然と言えるほど、多くの魅力に溢れた男だった。

ひとつ問題があったとすれば……両者に別々の婚約者がいたことか。

弥生も婚約相手がいるにはいたが、しかし男性的な魅力度で言えば雄一のほうが圧倒的に上。

そして奇しくも、二人は小・中学校と同級生でもあった。

だから雄一と久々の再会を果たした時、弥生は彼に猛烈なアプローチをかけた。

自分と一緒に幸せな家庭を築いてほしい、これこそが真実の愛だ、私たちこそ結ばれるべき運命の相手であると――。

しかし当然、雄一はそれを歯牙にもかけなかった。

妻を愛しているのももちろんあるが、当時、彼には筑紫という大事な子どもがいた。可愛い我が子をしっかり育てるためにも、こんなしょうもない情事には付き合っていられないと。

弥生はそれに腹を立てた。

言葉巧みに雄一夫婦をダンジョン探索に誘い込み、そして自身のスキル《魔物召喚》を用いて、みずからのパーティーを全滅の危機に追い込み――。

そして雄一は魔物に殺され、妻は探索者という道そのものを絶った。

文字通り、霧島一家を崩壊させたのだ。

「……と、ここまでが週刊誌に載っている報道でしたね」

校長は窓際まで歩み寄り、外の光景を眺めながら呟く。

「いくら週刊誌といえども、なかなか説得力のある記事だったと記憶していますがね。さっきの話を聞く限りだと……印象操作、つまり報道をもみ消したということですか」

「……うふふ、なんの話かわかりませんね」

はぐらかす弥生に対し、校長は気にすることなく話を続ける。

「そして今は、あなたの息子が筑紫くんをいじめ続けている。そのせいで筑紫くんは自信を失い、常日頃から他の生徒からも嘲笑され続けている。……これも偶然ですか？」

「だから言ってるでしょう。なんの話か、まったく思い当たる節がないと」

そこで弥生は金縁眼鏡の中央部分を押さえると、片頬を吊り上げて言った。

「……いずれにせよ、私は霧島筑紫が英雄視されている現状を看過できない。陰湿な男は陰湿な男らしく、社会の隅っこで生き、そしてひっそりと死んでいくべきです」

「あなたは……！」

校長が鋭い目で弥生を睨みつける。

「……お帰りください。あなたと話すことはもう、なにもない」

「あら。いいんですか？　このままでは月島高校は炎上したまま。校長先生も降格は間違いないでしょうし、ここでどうにかしないと、一生デジタルタトゥーがついたままですよ？」

「構いません。言ったでしょう。本件については、いじめを見過ごしていた我々にも原因があります。批判されても仕方ないことをした以上、それを重く受け止めるべきです」

「…………」

重苦しい沈黙が数秒間漂ったあと、

「……そうですか。よくわかりました」

と弥生が身を引いた。

「それならば、私のほうで好きにやらせていただきましょう。この炎上はしばらく続くと思いますが……せいぜい、心をお壊しにならぬよう」

「そちらも、今度こそ雄一殿の件が明るみになったら失脚は間違いないでしょう。……今の私に、世間的な信頼度がないのが悔やまれるところですよ」

「ふふ、ご心配なく。筑紫には有名な配信者がついているようですが、どちらが上か、白黒つけてみせますわ」

弥生はそこで醜悪な笑みを浮かべると、時間を無駄にしたとばかりにそそくさと立ち上がる。

そんな母親を、郷山健斗が呆気に取られて見つめていた。

「マッマ、さ、さすがにやりすぎじゃ……？」

「うるさいわね。あんた、いつから私に意見できるようになったわけ？」

「……ご、ごめんなさい」

そう言って退室していく親子を、校長はため息とともに見送るのだった。

第二十一話　学校一の陰キャ、校長から謝罪される

～郷山たちが退室したあと～


「ご、ごくり……」

校長室の重苦しそうな扉を前に、俺は大きく唾を飲み込んだ。

生まれてこの方、校長室に呼ばれたことなんてない。いったいこれから、どんな話を聞かされるのだろうか……。

そんな緊張をどうにか抑えつけながら、俺は扉をノックする。

「失礼します」

そして恐る恐る扉を開けた先には、いつも全校集会などでお馴染みの校長先生が待っていた。

ほとんど白髪で埋め尽くされた頭髪に、銀縁の眼鏡。どちらかというとインテリ風の雰囲気を漂わせた老人が、なんと立ちっぱなしで俺を待ち受けていた。

「霧島くんですね。ささ、こちらへどうぞ」

まるで飲食店の店員であるかのように、ものすごく恐縮した様子でソファを案内してくる校長。

戸惑いつつ俺がそこに座ると、校長もテーブルを挟んだ向かい側に腰を下ろした。

「急にこんなところへ呼び出して申し訳ありません。きっと困惑されていることでしょう」

「いえいえ……とんでもないです」

テーブルの上には一切れのショートケーキと紅茶が置いてあった。

校長は「遠慮なくどうぞ」と言ってくれたが、緊張のせいで食べられたものではない。本当にいったいなんの用だろうか……？

そんなふうに戸惑っていると、なんと急に校長が頭を下げてきた。

「本当に、申し訳ございませんでした！」

「え……？」

「今さら私に謝罪されたとしても、まったく響かないのはわかっています。いじめを見過ごしていたのは、他ならぬ私自身なのですから」

「………」

「それでも、謝罪をさせてください。本当に申し訳ございませんでした！」

腰を深く曲げ、まるで額が太ももに密着するかのごとく頭を下げる校長。

「あ、頭を上げてください。そんなふうに言われるとさすがに恐縮してしまうというか……」

「いえ、こうでもしないと気が済みませんから。本当に――申し訳ございませんでした」

「いいんですよ。俺なんて、いじめられて当然の人なんですから」

「き、霧島くん……」

なんだろう。

一瞬だけ校長が悲しそうな表情を浮かべたのは気のせいだろうか。

「いえ、私がこれを否定したところで説得力などありませんか……」

そして何事かをブツブツ呟くと、表情を校長先生のそれに切り替えた。

「それから——郷山くんの処分についても正式に決まりました。本来はあまり大勢に話すべきではありませんが、霧島くんは当事者ですからね。それの報告のため、ここまでお呼びした次第です」

……なるほど。

たしかにその話をするのであれば、あまり人目のつく場所ではよくないな。

「まず結論から申し上げますと、郷山は一年の停学処分となりました。取り巻きの生徒たちについても、同様の厳しい処遇を与えます。霧島くんはもう……理不尽な目に遭わずに済むのです」

「…………」

「もちろん、復学後に再び良くないことをしでかす恐れもありますが……その場合は即刻、より厳しい処分を下そうと思います。霧島くんが彼らに脅かされる日々は、もう二度と訪れないと言っていいでしょう」

「……あれ」

なんだろう。

喜ばしいことのはずなのに。

郷山《あいつ》に会わないというだけで、俺の高校生活はだいぶ明るくなるはずなのに。

それでもなぜか、俺の胸のうちは空虚なままだった。

「……どうしたのですか？　霧島くん」

「いえ……意外とあっさりしてるもんだなって。俺はずっと《いじめられて当たり前》と思ってて、それが今日からなくなると言われても、いまいち実感が湧かないというか……。たぶんもう、いじめが心の奥底に根付いているのかもしれません」

「霧島くん……」

そこで再び悲しそうな表情を浮かべる校長。

「いえ、これこそが私の受けるべき罰か……」

そして何事かを小声で呟くと、再度俺を見つめて言った。

「私が偉そうに言える立場ではありませんが、これまでずっと耐え続けてきた霧島くんは、本当に強くて立派な生徒だと思います。現在はインターネット上でかなり褒め称えられているようですが、それでも足りないくらいにね」

「………」

「ですからどうか、自信を持ってください。あなたは決していじめられて当然の人ではない。むしろ将来有望な、我が校にとって宝物と言うべき存在であると」

「そ、そんな……。さすがにそれは言い過ぎですよ」

でも、そういえば美憂も似たようなことを言ってたよな。

――筑紫くんは郷山よりずっと立派な人、だからもっと自信を持ってほしい――

でも俺がその言葉を否定するたびに、悲しそうに眉を八の字にしてしまうんだ。

自信を持ってほしい……。

一口にそう言われても、それを実行することのなんと難しいことか。

「それから……もう一つ。これはオフレコでお願いしたいんですが……」

校長は眼鏡の中央部分を押さえると、今までより真剣みを帯びた表情で言った。

「郷山くんの母親――郷山弥生さんにはお気をつけください。霧島くんに対し、良からぬことをやってこないとも限りません。もちろん学校にいる間は私たちで目を光らせますが、それ以外の時間となると、さすがに対応できませんから……」

★

ちなみに帰宅時も、多くの報道陣が校門前に押し寄せていた。

「さあ英雄の霧島筑紫くん、果たしてカメラの前に姿を現してくれるのでしょうか⁉」

「現場には今も、霧島くんのファンと見られる方々が大勢足を運んできております！　あ、彼女たちにちょっと取材してみましょうか？」

「え、私ですか？　はい、霧島くんのファンです！　今日は彼のために色紙を持ってきてます、はい‼」

「みゅうです！　霧島くんのことを考えたら夜も眠れなくて、遠くからでもいいから直接見たくてきました！」

……とまあ、こんな感じで大変な騒ぎになっているのである。

いくら〝秘密の裏口〟があるとはいえ、さすがにこのまま平穏無事に帰れるだろうか……？

そんなふうに下駄箱付近を右往左往していたところで、背後からつんつん肩をつつかれた。

「み、美憂……」

「ふふ、有名人は大変だよねぇ。わかるよその気持ち」

美憂はそう言ってどや顔を決めると、周囲に誰もいないことを確認し——バッグからなんとウィッグを取り出したではないか。

しかも男性用のウィッグで、茶色のキノコヘアーとなっている。

今の俺とは似て非なる髪型をしているので、ほんの数秒間だけ報道陣を騙すくらいであればなんの問題もないだろう。

「み、美憂……まさかこれ……」

「ま、私も配信当初は色々と苦労したってわけよ。あげるから遠慮なくつけてって」

「ありがとう……！　助かるよ」

さすがは有名配信者というだけあって、こういうところにも気配りがきくんだな。本当にありがたい。

「でも、なんなら取材受けてきてもいいんじゃない？　あそこにいる女の子たち、みんな可愛いよ？」

「う～ん、ああいうのはどうも苦手で……。俺はこうして普通に話してる時間が一番楽しいよ」

「えっ、そ、そう？　ならいいんだけど」

なぜだか頬を赤らめる美憂。心なしか表情を綻ばせているが、いったいどうしたのだろうか。

とにもかくにも、これで報道陣の波から脱出することに成功。

報道陣の目から逃れたところでウィッグを外し、美憂に返そうとしたのだが――。

「いや、いいよ。これからも使うかもしれないし、私もそのために買ったんだし」

と逆に返されてしまった。

「え、でもそれだと悪いよ。お金もかかっただろうし……」

「ふふ、気にしなくていいってば。筑紫くんのおかげで再生回数めちゃくちゃ伸びてるし……それにね、スーパーチケットもいっぱい入ってるんだよ」

スーパーチケット。

それはいわゆる《お布施》のようなもので、好きな配信者に対し、リスナーが任意の金額を贈ることができるんだよな。

たしか二千円～五万円の範囲でお布施をすることができて、その七割を配信者が受け取ることができる。残りの三割は動画投稿サイトに持っていかれてしまうが、これが配信者にとってありがたいシステムということには変わりなかった。

「そうね。正確には数えてないけど……合計で五百万は超えてるんじゃないかな？」

「ご、五百万⁉」

「そうそう。しかもそのなかには、筑紫くんに渡してほしいってコメントもいっぱいあったよ」

「………………」

「だからこれくらい気にしないでってて。あ、入金分が届いたらちゃんとそれも筑紫くんにあげるからね」

「そ……それはどうも……」

前の紅龍の報酬といい、生活状況が一気に変わりつつあるな。

母の喜ぶ顔を見られると俺も嬉しいので、まあ願ったり叶ったりではあるんだが。

「それで、筑紫くん。私になにか相談があるって言ってなかった？」

「あ……うん。昨日郷山と戦い終わった後、また新しい能力が追加されたみたいでさ。それを相談したいんだ」

「え、新しい能力……？　また？」

さすがに驚いたのか、目をぱちくりさせる美憂。

「う、うん。その能力がさ……《三秒間の時の流れ　無視》ってやつで……」

「えっ……！　それって……！」

「やばいよね。だから相談したくて……」

「わかったわ。軽くカフェで休んだら、近くのダンジョンで試してみましょう」

第二十二話　緊急モンスター？

「さて……準備はいいかな」

月が丘ダンジョン。その深部にて。

《綾月ミル》の服装に着替えた美憂が、これみよがしに薬草を片手に掲げている。

「今日の動画では、みんな大好き筑紫くんに、とってもすごい能力を披露してもらいます☆　筑紫くん、能力名はなんだっけ？」

「え……と、その」

ガチガチに緊張しつつも、俺はスタンドに立てかけられた宙に浮かぶカメラに向けて声を発する。

「ま、まあそれは見てのお楽しみってやつで。俺も実際にやってみるのは初めてなんで、ぜひ見てってください」

——そう。

有名配信者ということもあってか、美憂は視聴回数に繋がりそうなものはなんでも配信したがる。

今回の新能力もまた、ただ試してみるんじゃなくて、配信してみたら面白いんじゃないか……。

彼女からそんな提案を受け、急きょ配信を開始している形だ。

まあ、俺としてもそれで金が稼げるなら願ったり叶ったりだからな。

デメリットはどこにもないし、俺にとっても悪い提案ではないんだが――。

「ん？　筑紫くん、どうしたの？」

「いや……。なんだか不気味な気配を感じるっていうか」

「不気味な、気配……？」

「うん。うまくは言えないんだけど……」

なんと言うべきだろう。

さっきからずっと、誰かに監視されているような感覚を覚えるのだ。

といってその誰かが襲撃してくるわけでもなく、ただただ気持ち悪いだけなんだが……。

「や、やだなぁ～筑紫くん。私がお化け苦手なの、わかって言ってるでしょ？」

「はは、ごめん。きっとただの考えすぎ――」


「――ゴォォォォォォォォォォオオオオ!!」


おぞましい咆哮が響きわたってきたのはその瞬間だ。

まるでダンジョン全体を揺らしてしまうかのような、迫力に満ちた轟音……。

ここ月が丘ダンジョンにはそれほど強い魔物は出現しないはずなのに、突如として大型の魔物が出現したということは。

「緊急、モンスター……？」

　不審そうに眉をひそめる美憂。

　まあ無理もない。

　緊急モンスターといえば、ここ最近、近隣のダンジョンで紅龍ギルガリアスが出現したばかり。同じ地域で立て続けに緊急モンスターが出現する確率は極めて低いので、まさか再び、こんなことになるとは俺も思ってもみなかった。

「あ……」

　リスナーからも同様のことが指摘されているのか、美憂がこちらにスマホを見せてきた。配信そのものはスマホが親機になっているので、コメントはこっちに表示されているようだな。

リストリア：なんだかきな臭い感じがするね……。筑紫くんがいるから大丈夫だとは思うけど、気をつけるんだよ

ディストリア：《50000円　チケット》　OK、ミルちゃん。きみが行くというのなら、僕は止めはしない。その代わり霧島少年、君が彼女を守るんだ。これは僕との大事な約束だよ。いいかい、わかったかな?

みゅう：あ、筑紫くんドアップドアップ!!

美里：やば、かっこよすぎる！

ゆきりあ：まあ霧島少年が新しい能力を授かったっていうし、問題はないと思うけどね。前だってとんでもない炎魔法ぶっぱなしてたし

リストリア：ただ一つだけ気をつけてくれ、霧島くん。ほんとは会って話したいんだけど……君のお父さんのことについては不可解な点が多すぎる。ただひとつ言えることは、郷山弥生っていう人物には気をつけてほしいということだ

美里：ん？　誰それ

リストリア：僕も詳しいことはわからない。だけどたしか、過去に霧島っていう名前の人とトラブルを起こしてた気がするよ

ショコラ：あれ、郷山弥生ってなんか聞いたことあるかも。たしか既女板で叩かれまくってて

たような…

みゅう：そういえば郷山って、前に倒した郷山健斗と同じ苗字だね

バルフ：うわ、なんだか不気味だな

ショコラ：ちょっと当時の既女板漁ってくるよ。頑張ってね筑紫くん！

ゆきりあ：既女民が味方になるって頼もしすぎんだろ

「郷山……弥生……」

コメント欄に書き込まれていたその名前を、俺はぼそりと繰り返す。

たしか今朝、校長も同じような忠告をしてきたよな。みんながコメント欄で教えてくれるから

には、きっとただ事じゃないんだろうけど……。

「どうする、筑紫くん。ここはいったん様子を見るのも、ありだとは思うけど……」

「そうだね……。少し考えてから――」

「いやぁぁあああああああああああああ‼」

ふいにダンジョンの奥から悲鳴が聞こえてきたのは、その時だった。

第二十三話　学校一の陰キャ、時間を停止させる

「はぁっ……はぁっ……！」

自身の呼吸が乱れるのも厭わず、俺たちは一目散に疾駆していた。

魔物の咆哮と同時に響き渡ってきた、女性の悲鳴。

緊急モンスターの件は釈然としないことも多いが、とにもかくにも、今は悩んでいる場合ではない。こうしている間にも、その女の子が危険な目に遭っているかもしれないのだから……‼

そうして走り続けること数分。

開けた場所に出た俺たちは、そこにいるあまりにも異形な魔物を見て、思わずその場に立ち尽くした。

「ギュアアアアアアアアアアアアアアアッ！」

一言でいえば、植物型の魔物と表現できるだろうか。

顔面には小さな目があるばかりで、顔の大部分は大きな口腔に占められている。

野太い茎からは数えきれないほど多くのツルが生え、それら一本一本がぬめぬめとおぞましい粘着性を持っていることが見て取れる。

「葉王チャーミリオン……？　どうしてこんなところに？」

美憂が困惑の声を発するが、それも無理からぬことだ。

月が丘ダンジョンにおいて、植物型モンスターが登場したという報告は一切ない。このダンジョンそのものが無機質な鉱物で構成されているので、どう見たって植物は場違いなんだよな。

「い、いや……！　やめて！」

しかし現在は、それについて考えている場合ではなさそうだ。

葉王のツルの一本が、少女の身体を軽々と持ち上げ――そして今にも、その大きな口腔で丸呑みにしようとしている。

即座に助けなければ、彼女の命はないだろう。

「くっ……！」

しかし、ここで《炎魔法使用制限　無視》を使用するのは危険すぎる。

郷山との戦いを経て、これの異次元な火力は立証済だからな。誤って少女にでも魔法が直撃してしまったら、それこそ取り返しがつかないことになる。

となれば……まだ扱ったことのない能力だが、もう四の五の言っていられないだろう。

新能力《三秒間の時の流れ　無視》を用いて、少女を助けるしかない――！

「うおおおおおおおおおおおっ！」

絶叫をあげながら、俺は葉王に向けて疾駆する。

そうしながら《三秒間の時の流れ　無視》を使用した時……たしかに、世界が変わった。

美憂も。少女も。そして葉王も。

文字通り時が止まったかのごとく、ぴたりとその動きを止めた。

おかげで現在、少女はまだ葉王に呑み込まれてはいない。口の数センチ手前といったところか。

——一秒経過。

「うおおおおおおおおおおおおおおおおおおっ‼」

ここで一気に葉王を倒せたらいいんだが、俺に物理攻撃力はない。

そのままダッシュを敢行し、ここはひとまず少女だけを抱え込む。

——二秒経過。

少女を抱きかかえたまま猛ダッシュを続け、葉王からできるだけ距離を取る。

——三秒経過。

「ガパッ⁉」

時の流れを取り戻したらしい葉王が自信満々に口を閉じたが、もちろんそこに少女はいない。

思いっきり噛み合わせてしまったのか、痛そうに悲鳴をあげている。

「え、あれ……？　あ、あなたは……？」

俺の腕のなかで、少女が目をぱちくりさせる。

葉王に弄ばれていたからか、なんとも目のやり場に困る恰好をしてしまっているな。さぞ怖い目に遭ってきたのだろう。

「安心してくれ。あいつは——俺が倒す」

「え？　で、でもあいつ、とても強くて……」

「——上級魔法、プロミネンスボルト‼」

次の瞬間、俺の放った炎の可視放射が、葉王を丸ごと焼き尽くした。

★

「すごい……あんなに強かった魔物を、たった一撃で……」

俺の腕のなかで、少女が大きく目を見開いていた。

新能力――《三秒間の時の流れ　無視》。

その字面からとんでもない能力であることは想像がついたが、やはりその推測は間違っていなかった。

この能力は問答無用で周囲の時間を止め……そして三秒間、俺だけが動くことができる。

やや制限時間が短いという懸念はあるが、それを差し引いても、ぶっ壊れ能力であることには違いないだろう。

「あれ……？　え？」

美憂もまた、倒れている葉王を見下ろし、呆気に取られている。

「筑紫くん、もしかして今……」

「うん。《三秒間の時の流れ　無視》を使わせてもらった」

「すごい、すごいよ！　本当に時間を止めちゃうなんて‼」

そして美憂はこちらに歩み寄ってくると、配信中のスマホをこちらに提示してきた。その際、菓王に捉われていた少女を映さない角度だったのはさすがと言うべきだろう。

――

ゆきりあ：え、やばｗ　時間止めるって、なんだそのチートｗｗｗ
バルフ：強すぎて草
美里：《50000円　チケット》　やっぱり筑紫くんは最強の探索者だね！
みゅう：筑紫くん！　今日は会えなかったけど、いつか絶対デートしようね♪
リストリア：す、すごいね……。画面が一瞬止まったから、何事かと思ったよ……。
むーれす：配信画面も止まってたから、時間の流れそのものを止めてる……？　いやでも、《無視》ってことだからな…
リース：時を飛ばして、霧島少年だけ動けるようになってるのかもな。だって現実世界で

の時間は止まってないわけだし

ヴァルドス：いずれにせよ、霧島少年は伝説の探索者ってことでおk？

美里：足りない。伝説かつ私のフィアンセだね

みゅう：は？　なんであんたのフィアンセ？

ゆきりあ：またしても女の決闘始まりだして草

「こ、これは……」

みんな俺のことを褒めすぎな気がするが、たしかに《三秒間の時の流れ無視》は強い。

俺が今まで見てきたアニメや漫画でも、時に干渉する異能は最強能力の一つとして捉えられているからな。

基礎的なステータスが低い俺にとっては、願ったり叶ったりの力だと言えるだろう。

「え……？　ミルちゃんに筑紫くんって……。まさか……？」

と。

ここまでのやり取りで諸々を察したのだろう。

俺に抱きかかえられたままの少女が、俺と美憂とを交互に見つめている。

「はは……そうだね。たぶんその推測通りだと思うよ」

「あ……！」

その瞬間、今まで溜まっていた感情が一気に解放されたんだろう。

「筑紫様……！」

と言って、なんと俺の首に両腕をまわしてくるではないか。

「!?　ちょ、いきなりなにを……！」

まずい。

これはまずい。

葉王に弄ばれていたためか、少女は今、かなり際どい恰好をしている。服のあちこちが破れているため、かなり目のやり場に困るんだよな。

「怖かったんです。ここは初心者向けのダンジョンって聞いてたから、私でも冒険できると思って。そしたら……急にこんな化け物が出てきて……」

「…………」

そうか。

たしかにそうだった。

この葉王がいきなり現れたことに対して、色々と気になることがあるのは事実だ。

緊急モンスターだというのが一番ありえる線なのだが、もし仮にそうだったとしたら弱すぎる。今の魔法一発で死んでしまったからな。

「いったん落ち着いて……事の経緯を教えてもらってもいいかな？　これは俺たちも気になるところだ」

★

「え……と、ごめんなさい。私、山越風香《やまこしふうか》って言います。月が丘高校の一年生です」

――数分後。

手頃な岩石に腰かけ、俺たちは今の状況を改めて整理することにした。

ちなみに彼女の言う〝月が丘高校〟は、俺や美憂の通う学校のすぐ近くにある。

俺のような陰キャには関係のない話だが、学校間の垣根を越えて交流している生徒を、何度か見てきたものだ。

「それで、さっきの話だと突然モンスターが現れたっていうことだけど……詳しい状況を教えてもらえるかな？」

「は……はい」

風香の話をまとめるとこうだ。

　彼女はそんなに強い探索者ではないが、この月が丘ダンジョンにはよく訪れていた。

　ここなら強い魔物が全然現れないし、なにより現実社会の鬱陶《うっとう》しい喧騒から逃れることができる。

　いわば彼女のお気に入りのスポットとして、よくここを散歩していたのだという。

「なのに……急に現れたんです」

　風香は両手を抱え、そしてぶるぶる身を震わせる。

「緊急モンスターのように、突然現れる魔物がいるってことは知ってます。だから散歩中でも、絶対に気は抜かないようにしてたんですけど……葉王だけは、様子が違いました」

「様子が、違った……？」

「はい。緊急モンスターって、派手なエフェクトと一緒に出現するじゃないですか。異次元から魔物が来たぞ！　って探索者たちに知らせる形で……」

「う、うん……。たしかにそうだね、そういえば」

「でも今回は違ったんです。一般の魔物と同じく、まるで初めからそこにいたみたいに……いきなり私めがけて襲いかかってきたんです」

「え……」

　風香の言葉に、美憂も言葉を詰まらせる。

「そんなの絶対おかしいよ。風香ちゃんも気づいていないところから、いきなり襲撃してきたってこと？」

「そうなんです……。だから私、びっくりしちゃって……」

そこで風香は両手で顔を覆い、震える涙声を発した。

「もう私、怖いです……。学校なんて大っ嫌いで、このダンジョンだけが拠り所だったのに……。これじゃ、もう私、ここに来られないです……」

「…………」

その様子を見て、俺も思わず目線を落としてしまう。

この葉王がどうしてここに現れたのかはわからない。

けれど、仮にこの事件に第三者が介入しているのだとしたら……。それはもう、絶対に許すことはできないな。

リストリア：そうだ、わかったぞ！　霧島くん、これはすべて郷山弥生の罠だ！　早くそこから逃げたまえ！

ゆきりあ：ん？　どうした？

リストリア：葉王チャーミリオンは、死んだとき大量のフェロモンを放出する！　本来はそれで獲物の理性をなくして、食べてこようとした相手を捕食するんだけど……その《理性をなくす》という性質は、人間にも作用するんだ！

美里：え……？　理性？

バルフ：今目の前には、際どい恰好をした可愛い少女……。つまりそういうことか……!?

むーれす：っていうか、いまもうすでにフェロモン漂ってるんじゃね？

「え……？」
ふいに美憂から見せられたスマホ画面に、俺は驚愕する。
たしかに今、この洞窟には良い香りが漂っている気がするが……。
しかし、俺のような学校一の陰キャが、間違っても女性に襲いかかるという発想に至るはずもない。だから仮にこれが罠だとしても、ぶっちゃけあまり意味はないと思うが……。
とにもかくにも、リスナーがここまで忠告してくれているのだ。ここで逃げないわけにはいくまい。
「なんだかやばそうだ。行こう！」
そう言って、月が丘ダンジョンから脱出するのだった。

バルフ：でもそのフェロモン、霧島少年にはあまり効いてなさそうじゃね？

リース：いやいや、でもたしかに俺、葉王を倒したとき目の前が見えなくなったよ。あそこに好きな女がいたらやばかっただろうなぁ

美里：え、ってことは霧島くん、本能を抑えられてるってこと？ かっこよすぎなんだけど！

第二十四話 弥生の誤算

「な、なんで……!?」

その日の夜。

郷山弥生は、自室のパソコンでとんでもない記事を見かけていた。

――葉王チャーミリオンのフェロモン　霧島筑紫には効かず
――若くして紳士的な英雄　霧島筑紫　爆誕
――女性からの人気急上昇　霧島筑紫

このような思いも寄らない記事が、ネット上のあちこちに転がっているのだ。

「おかしい……おかしいわよ……」

今日の夕方、弥生は月が丘ダンジョンに転がり込む男女を見かけた。

……いや、正確に言えば、その男のほうをずっと尾行していた。

ウィッグで変装してはいても、弥生の目をごまかすことはできない。彼から放たれている雰囲気は、かの霧島雄一にそっくりだったから。

霧島筑紫。

彼を陥れる方法を色々考えたが、まあ、男を墜とすには色仕掛けが鉄板だと昔から決まっている。だから今回も、女を使ってあいつの評判を落とそうと考えていた。

そうと決まれば話は簡単だ。

弥生の所持スキルは《魔物召喚》。

そして召喚できる魔物のなかには、葉王チャーミリオンという、死亡時に大量のフェロモンを流す化け物がいる。

だから適当にダンジョン内をうろついている若い女を見つけ、そして服をはだけさせ——霧島筑紫の理性を失わせる。

それが弥生の狙いだった。

しかもその現場では、綾月ミルによる動画配信中でもあった。

だからあとは、その様子を全国ネットに公開させれば作戦は完了。

詳しい人間は《葉王のフェロモンのせい》だと気づくだろうが、人間はしょせん、大勢の意見に流される生き物だ。そのような正しい意見は封殺され、霧島筑紫の評判は地に落ち始める——はずだった。

ところが蓋を開けてみたらどうだ。

霧島筑紫の評判は落ちるどころか、なぜか高まってしまっている。

なんと葉王チャーミリオンのフェロモンを喰らってもなお、のほほんとしていたというのだ。

それについて筑紫が動画内で語っていたようだが、その答えがまた腹立たしい。

──え？　いやあ、俺なんてどうしようもない陰キャだから……。理性どうこうの前に、女の子にいきなり襲いかかろうなんて、考えもしないよ──


そう。

霧島筑紫は学校内で苛烈ないじめに遭っていたために、女性に対する抵抗感が非常に強く。

葉王の強烈なフェロモンを嗅いでもなお、その理性が剥がれなかったということだ。

「もう、なんでよ……‼」

その動画を見ていた時、弥生は思わず机を叩いてしまった。

まさか息子にいじめを指示していたことが、こんなことで跳ね返ってくるとは……！

そしてそれが結果的に、あいつ自身の評判を上げることに繋がってしまうとは……！

そのことがただただ、腹が立って仕方なかったし、許しがたかった。

また、憂慮すべきはそれだけではない。

──こいつ、郷山弥生って奴の指示らしいよ。

──あれ、郷山って、前に泣き叫んでた郷山と同じ苗字じゃね？

驚くべきことに、弥生の素性までもが少しずつネットに広がっているのだ。

霧島雄一を殺したのはもうだいぶ前のことなのに、その事件さえも、ネット民によって掘り起こされてしまっている。

当初はゆっくり少しずつ霧島筑紫を陥れようと思っていたが、この状況を鑑みるに、そうはいかなくなっているようだ。

早めにあいつを処理して、心身ともに平和な日々を送らねばならない。自分のように美しくて頭の良い人間が陥れられるなど、人類全体の損失なのだから。

「そうだ、そういえば……。あの綾月ミルって子……」

霧島筑紫がダンジョンに入っていった際、たしか同学校の少女を伴っていたはずだ。

それが後を追いかけていった時には《綾月ミル》となっており、違和感を覚えたものだが……。

「そうか、そういうことか……‼」

気づいた時、弥生は勢いよく立ち上がっていた。

——綾月ミルは月島高校にいる。

——霧島筑紫と歩いていたあの少女こそが、綾月ミルだ。

どこかのネット記事で読んだことがあるが、綾月ミルは視聴回数を求めるためなのか、無茶な配信をしがちらしい。それについてネットではいくつかの憶測が飛び交っているが……これは重要な《ネタ》になるかもしれない。

そうとなれば、善は急げだ。

霧島筑紫を陥れるため、まずは綾月ミルに社会的に死んでもらおう。

第二十五話　協力してくれるネット民たち

「ここが、女の子の部屋……」

葉王チャーミリオンを倒した日の夜。

俺はなんと、齢十七にして美憂の部屋にあがりこんでいた。

人生初の経験すぎて、心臓がバクバクバク鳴りっぱなしだけれど。自分の手がぶるぶる震えていて、我ながらめちゃくちゃ恥ずかしいけれど。

とはいえ、今回はもちろん遊びにきたわけじゃない。

これから話す内容の性質上、あまり外部に漏らすわけにはいかない――。

そういった理由から、美憂の家にお邪魔させてもらってるわけだ。

ちなみに彼女の母親は現在夜勤に出ているらしく、家には美憂以外、誰もいない。その意味においては、気兼ねなく会話することのできる状態だった。

「はい……これ、コーラ」

「あ、ありがと」

飲み物を持ってきてくれた美憂に対し、俺はぺこりと頭を下げる。

今でこそ普通に話せる間柄ではあるが、こうして改めて彼女の家に来ると、とても緊張する。

というか緊張しすぎて死にそうだ。

そんなふうに俺が固まっていると、

「それで、えっと……郷山弥生の件だったね」

美憂もまた同じ気持ちなのか、ややぎこちない声音で切り出す。

「筑紫くんも見た？　リストリアって人からのＤＭ」

「うん。……見た」

――ハンドルネーム、リストリア。

やたら探索者事情に詳しいと思ったら、なんと彼（？）自身も探索者らしい。

しかもかつて、俺の父――霧島雄一に師事していたっぽいんだよな。現在Ｂ級の探索者として活躍できているのも、俺の父に剣を教わったためだったという。

……そのＤＭで、俺は実に信じがたい事実を知った。

父は魔物に囲まれて死んだとされているが、そこにあまりに不審な点が多いこと。

当時の週刊誌が郷山弥生を〝容疑者〟として取り上げていたものの、その報道は即座に揉み消されたこと。

そしてその弥生の息子が――さんざん俺をいたぶってきた郷山健斗であること。

あまりに突拍子のない内容であるため、当初はリストリアもこれを俺に教えるか迷ったらしい。

父の死に関する残酷な事実を、息子に教える必要があるのかと。

しかし弥生の手がすぐそこまで迫っているかもしれない以上、さすがに黙っているわけにもいかず。こうして俺に伝えてくれたらしい。

ちなみに、これらの情報が正しいことはすでに調査済みだ。

ネットで検索してみたところ、既女民がすでに当時の週刊誌の切り抜き写真をアップしていてくれたから。

既女民の執念と調査力は、本当にすさまじいものがあるな。

「ほんとに……ひどいね。こんなことするなんて、信じられないよ」

コーラをちびちび飲みながら、美憂がぼそりと呟く。

「筑紫くんも大丈夫？　自分のお父さんがこんなことになってたなんて……辛いよね……」

そして床についていた俺の右手に、そっと自身の手を重ねる。

その温かい感触にちょっとした安心感を覚えながら、俺は思いのままに口を開いた。

「そうだね……。ショックじゃないと言ったら嘘になると思う。けど、美憂は前に言ってくれたよな。もっと自信を持って、郷山からの誘いなんて断ってほしい……って」

自信を持つ。

口に出すのは簡単だが、これを実行することのなんと難しいことか。

今までの俺だったら郷山健斗にも郷山弥生にもビビりまくっていたと思うが――。

「でも、今は不思議と怖くないんだ。昔、父になにがあったのか、そして弥生はなにをしようとしてるのか……今なら向き合える気がする」

「筑紫くん……」

「だから、逃げないよ。これからなにがあっても、弥生には屈しない」

「ふふ……そっか。強くなったね」

そこで微笑ましそうに俺を見つめる美憂。

「筑紫くん、私ならね、その……いいんだよ？」

「へ……？」

「言ったじゃん。動画の運営に協力してもらう代わりに、筑紫くんが喜ぶことといっぱいしたいって。今はその約束を抜きにしても、もう……いいんだよ？」

「み、美憂……」

これはあれだろうか。

そういう《誘い》だろうか。

さすがにここまで一気に大人の階段を昇るのは……。


ちゅっ、と。


ふいに頬に柔らかい感触が伝ってきて、俺は思わず目を見開いた。それが美憂の唇だと気づくまでに、数秒ほどかかった。

「み、美憂……」

「ふふ、ごめん。いきなりこう言われても困るよね。ゆっくり……お互いのことを知っていこうよ」

「うん……そうだね」

お互いのことを知ると言えば、美憂にも少し不思議な点があるんだよな。

彼女が友人とともに過ごしている姿を、学校ではあまり見たことがないのだ。最近は学校が終わったらすぐに俺と合流しているしな。

こんなにも可愛らしくて、圧倒的陽キャな彼女に友達がいないわけはないと思うんだが……。

「それとね。実は筑紫くん。私……」

急にどうしたのだろう。

美憂がもじもじしながら下を向く。

彼女にしては珍しく、これを言うべきかどうかを考えあぐねているっぽいな。

「ううん、ごめん……。なんでもないわ」

そして俺の唇に人差し指をあてがうと、ぼそりと呟くような声を発した。

「とにかく、他の女の子のところ行っちゃだめだぞ。私、もう筑紫くんのことが……だから」

第二十六話　郷山の後悔

「まさかおまえ、裏であんなひどい苛めをしていたとはな……。すまんが、俺との関係は金輪際なかったことにしてくれ」

「ま、待ってくれ！　頼む……！」

同じく、その日の夜。

郷山健斗は通話にて、必死にパブロック——かつてコラボ配信を行った有名配信者——との別れを止めていた。

「あんたとの関係まで切れたら、俺はもう終わりだ。頼む。頼む……っ！」

「まだわからんのか？　おまえと関わってたら、俺まで巻き添え喰らって炎上するの。ってかもう、すでに燃え移ってんだよ？　チャンネル登録者が半分以上減ってんだよ？　どうしてくれるの？」

「う………」

「慰謝料とか取らないだけ優しいと思えよ。じゃあな」

「ま、待ってくれ……！　見捨てないでくれ……っ‼」

プツン。

郷山の静止も虚しく、通話は一方的に切られてしまった。

「く、くそお……！」
音声の途切れたそのスマホには、三つの新着が表示されている。
――おまえ停学になったらしいなｗ　人生終了乙ｗｗｗｗ
――さんざん苛めまくった霧島少年にやり返されて、いまどんな気持ち？　ねぇねぇ
――もう有名人ともコラボできないねぇｗｗｗ　人生終わったねぇｗｗｗｗ

「くぅぅぅぅぅぅぅぅぅうううう……！」

郷山はその場に崩れ落ち、滂沱の涙を流す。

しかも、これだけじゃないのだ。

今回の炎上がきっかけで縁を切ってきたのは、なにもこのパブロックだけではない。

「ちょっとさすがにあの苛めはひどいな……。すまん、もう俺には連絡してこないでくれ」

「っていうかさ、あんたやっぱキモいわ。偉そうにしてる割にはマザコンだし、自分の意見ないし」

先の炎上を受けて、かつて縁のあった友人や知人たちが一斉に離れていってしまった。なかにはコラボ予定だった配信者もいたが、その話もすべて白紙になってしまったのだ。

おかげでもう、郷山はろくに生活することもできない。

近所のコンビニに寄るだけでも、客や店員が自分のことを知っているのではないか、隠れたと

ころから撮影しているんじゃないか、家を特定しようとついてきていないか……。

そんなふうにぐるぐるとマイナス思考に陥り、もはやなにも考えられなくなっていた。

頼みの綱だった母親も何かをやらかしたらしく、今日はやたら元気がない。郷山家は今、かつてないほどの暗闇に包まれていた。

「俺は……どうしたらいいんだよ……」

ずっと母親を盲信して生きてきた。

小学生の頃から霧島筑紫をいじめ続けてきて、そしたら母親にめちゃくちゃ褒められて。

学校の教師から注意されることはあっても、それでも母親が気にしなくていいと慰めてくれて。

そんなふうに暴力を振るい続けてきたら、誰もが郷山を賞賛するようになった。

誰も逆らってこないし、まるでイエスマンであるかのように付き従ってくる。

だから霧島筑紫をいじめるのは、もはや《当たり前》のことだと思ってきた。

一度だけ母親と先生が面談をする機会があったが、それ以来、先生もあまり注意をしてこなくなった。なにがあったのかはわからないが、母が郷山の快適な学校生活を提供してくれたのだと思った。

けれど。


――なあ、さんざん自分は苛めてきたくせに、炎上するとだんまり？　あまりにザコすぎん？ｗｗｗ

――なんか言えよw　それとももう、なんも言えない精神状態なのかなぁ？　ン～～？

こうして自分が〝やられる側〟の立場になってみると、今さらながら、色々なことがわかるものだ。

自分はまだ精神的な攻撃を受けているだけだが、霧島の場合は、日常的に暴力も受けてきたのだ。

それでもめげることなく……彼は毎日学校に通い続けてきた。

学校中の生徒から白い目を向けられながらも、それでもずっと学校へは足を運んでいたのだ。

ところが自分は――こうして炎上しているだけで、もうメンタルがもたなくなってしまっている。

「あいつ……強かったんだなぁ……」

今さら後悔しても、もはやもう遅い。

鳴り続けるスマホの着信音に身を竦ませながら、郷山は引き続き、毛布にくるまるのだった。

第二十七話　新能力の獲得が止まらない

その後の数日間、俺と美憂はいつも通り配信を続けてきた。

たとえ郷山弥生が何かを企んでいるとしても、それに屈するわけにはいかない。俺たちは学校帰りに《綾月ミル》の配信をしつつ、そして夜遅くに帰る。

忙しい毎日ではあったが、陰キャの俺にしてはそれなりに充実した高校生活を送っているのではないか……。そんなふうに思い始めていた。

そしてその過程でわかったことがある。

ぶっ壊れ能力の《三秒間の時の流れ　無視》だが、これにはさすがに制限が設けられているらしいということだ。

使えるのは五分に一度だけで、一回使ったあとは、五分間のクールタイムを設けないと再度使えないっぽい。

そうでもしないといくらなんでも強すぎるので、まあ仕方ないか。

それからもう一つ。

葉王を倒したことで、新たに能力を覚えることができた。

使用可能な《ルール無視》一覧

・薬草リポップ制限時間　無視
・相手の攻撃力　無視
・炎魔法使用制限　無視
・ＭＰ制限　無視
・三秒間の時の流れ　無視
★地魔法使用制限　無視
★風魔法使用制限　無視

それぞれ地属性と風属性の魔法を使えるようになった感じだな。

地属性は自身の防御力・魔法防御力を少し高めることができたり、風属性は敏捷度にも干渉することができる。

もちろん攻撃自体も可能なので、戦闘の幅が一気に広がったことになるな。
それだけではない。

ディストリア：《50000円　チケット》　素晴らしいね、霧島筑紫くん。初めはミルちゃんだけを目的に見にきてたけど、最近は君の男らしさにも惚れてきてしまっているよ。それで気づいたんだ。君は僕にとって……最高の推しになりつつある。

ディストリア：《50000円　チケット》　だからできるだけ僕の多くを、君に捧げようと思う。今まで誰かに否定されてきたばかりの人生かもしれない。だけどこれからは、自分をほめながら生きてくれたまえ

ディストリア：《50000円　チケット》　君の素晴らしさに…乾杯

ゆきりあ：ディストリアニキ、お布施額半端なくて草

莉生：霧島くん大好き

バルフ：《50000円　チケット》　最近は新規が増えてきたけど、ここらで言っておいちゃう？　俺らは初期のころからこのチャンネルを追いかけてきたって

リストリア：霧島くん、君はこんなに褒められて困惑してるかもしれないけど……。これはたしかに、君の忍耐が掴み取ったものだ。これでも足りないくらいだよ

ショコラ：霧島くん、郷山弥生の特定は終わってるから。後は私たちがなんとかするから任せといて

美里：っていうかさ、郷山弥生って顔見てるだけでムカつくよね（笑）

みゅう：わかる！　ちゃんと化粧はやってるみたいだけど、その醜い性格は隠しきれてないよね（笑）

ショコラ：たぶんマウント気質だよね。最高にダサいブランドとかアピールしてきそう

むーみん：そうそう、それでそう言ってる自分は似合ってないっていうね

バルフ：やっぱり女の戦い始まってて草

ゆきりあ：こういうときの女性陣ほど頼れる人はいないな

――

配信中、俺たちを応援するような声がとても多かったのだ。

彼ら彼女らとはまだ会ったこともないが、頼もしい味方がついてくれているような――そんな不思議な気がした。

そして葉王を倒してから一週間後。

ついに運命の日が訪れるのだった。

第二十八話　俺はもう、昔の俺じゃない

ある日の放課後。

「キュアァアアアアアッ‼」

いつものようにダンジョン配信していると、後ろから鳥の鳴き声のようなものが響いてきた。

「あっ……！」

そして驚くべきことに、その魔物は美憂の手元からカメラを奪い取っていくではないか。

あれを奪われたら配信ができなくなってしまう。しかも今まさに配信の真っ最中なのに、こんな大事故が起こってしまったら……。

俺も慌てて、その小鳥を追いかけようとしたのだが――。

「ご機嫌よう。霧島筑紫くん、そして……綾月ミルさん」

小鳥が飛んでいった先には、どこか見覚えのある女性が立っていた。

金髪のショートヘアに、なんとも高級そうな金縁の眼鏡。吊り目は狐を思わせるかのように細く、真っ赤に塗りたくられた唇、瑞々しすぎるほどの肌は、俺のような童貞でも化粧の濃いことが容易に伝わってきた。

——考えるまでもない。

この女は……郷山弥生。

リストリアからのＤＭに添付されていた写真とそっくりだ。

「あ、あんたは……!?」

美憂も彼女の正体をすぐに悟ったのだろう。警戒したような表情で弥生に声をかける。

「それ、返してよ。配信中なんだけど」

「ふふ、わかってるわよそんなの。今からお話しすることはね……世界中のみんなに知っておいてほしいことなの」

この女、いったいなにを企んでいるんだ……？

《三秒間の時の流れ　無視》を使おうかとも思ったが、あいつもそれを警戒しているんだろう。さすがに三秒間では届かないほどの距離感を保ってきている。

「ハロー、リスナーの皆さん、聞こえてるかしら？　いきなりの展開に驚いてると思うけど……今日はね、綾月ミルさん——いいえ、綾月美憂さんの正体についてお伝えしていきたいと思います」

「え……!?」

美憂が大きく目を見開く。

「……みんなは覚えてるかしら？　今からちょうど五年前の、新宿の通行人たちが八人も轢き殺された凄惨な事件を。まあ《新宿区暴走事故　綾月》とでも検索すれば出てくるでしょう」

そこで一呼吸置いて、弥生が続ける。

「その時の加害者の娘が――この綾月ミル、改めて綾月美憂さんです。まあすぐには信じられないでしょうから、８ｃｈの専用スレに証拠リンクを貼ってあります。興味があるなら見てみてください」

「あ……ああ……」

その瞬間、美憂は頭を抱え、その場に崩れ落ちてしまった。

「ふふ、これはまずいですわねぇ綾月さん。五年経ったとはいえ、遺族は今でも苦しんでいるのよ？　大事な父を失って、現在も苦しい生活を送ってる人もいる。それなのに……自分はこんなふうに派手な生活を送っててていいのかしら？」

「…………」

そうか。そういうことだったのか。

弥生の言っていることが事実かはまだわからないが、もし真実なのだと仮定すれば、美憂が視聴回数を追求している理由がすぐ思い至る。

八人もの命を奪ってしまった、悲惨な大事件。

その裁判の結果まではわからないが、過去の事例では、加害者家族が損害賠償を負うこともあった。

いや――たとえ裁判でそう命じられていなかったとしても、だ。

彼女はきっと、それに甘んじることはない。自身の生涯をかけて、被害者家族に償っていきたいと考えるだろう。

たとえ無謀にも紅龍に突撃し、自分が死ぬことになったとしても。

「ごめん、筑紫くん……。黙っているつもりは、なかったんだけど……」

横でうずくまっている美憂が、涙声でそう呟く。

「ふふふ、なにを突っ立ってるのかしら霧島筑紫くん。あなたにだって責任があるのよ？」

そんな俺たちを見て、郷山弥生が嬉々とした表情を浮かべていた。

「あなたが出てきたせいで、綾月さんはより視聴回数を稼ぐようになってしまった。被害者家族の気持ちを思ったら――さすがにまずいんじゃないかしら？」

「…………」

「だから霧島くん、あなたはもう綾月さんとのコラボ配信をやめなさい。そうしないと、あなたにまで炎上の飛び火が移るわよ」

「…………」

そんな弥生の言葉を無視し、俺はその場にしゃがみこむ。

そして美憂と視線を合わせると、意識して優しげな笑みを浮かべてみせた。

「美憂。君は以前……俺に教えてくれたね。もっと自信を持ってほしい、筑紫くんはほんとは魅力的な人だって」

「え……」

「今度は、俺から同じ言葉を君に届けるよ。君は立派だ。心にのしかかるその重荷をたった一人で背負い込んで、無理してでも被害者家族に償おうとしてきた。――だから泣く必要なんてない。もっと自信を持ってくれ」

「あ…………」

美憂の顔が赤く染まるのを見届けると、俺はゆっくり立ち上がり、今度は弥生に目を向ける。

「すまないが、あんたの提案は却下だ。炎上しようがしまいが、俺は自信を持って……自分の信じる道を歩む。俺は彼女とともに生きる日々を選ぶ‼」

「…………ちっ」

つまらなそうに舌打ちする郷山弥生だった。

第二十九話 リスナーとも力を合わせて

ディストリア：1コメ

バルフ：1コメ

みんと：1コメ

バルフ：ディストリアニキ、安定の強さ

ゆきりあ：ディストリアニキに勝てるわけないだろ、いい加減にしろ（定期）

美里：今日は霧島くんのどんな姿が見られるのかな

ユーキ：wktk

バルフ：ん？

みゅう：は？

ゆきりあ：なんだこのＢＢＡ

むーま：なに？　カメラ奪われたの？

美里：は？　返せよＢＢＡ帰れ

みんと：帰れ！

むーれす：帰れ！　帰れ！

ディストリア：なんだおまえは……。僕らの推しを傷つける気かい？　それならば僕らだって容赦はしない。たとえ遠くからであっても、僕らはおまえのことを一生攻撃し続けるだろう。

みゅう：これ郷山弥生じゃん。なに勝手に配信に割り込んでるわけ？

リストリア：ついに…このときがきたか……。

バルフ：は？

ゆきりあ：おいおい、本名晒しはまずいだろ

ユーキ：なに考えてんだＢＢＡ！

美里：うっわ、ほんと最低

バルフ：事故？　いやいや、だからなんだって話

むーれす：俺たちがそんなことでミルファンを辞めるかよ‼

リストリア：そうか、無理して緊急モンスターに突っ込んでたのはそういうことだったのか……。きっと彼女は、無謀な配信で自分が死ぬことになってもいいと思ってたんだ。それが償いになると信じて……。

みんと：でも事故ったのはミルちゃんのせいじゃないだろ？　それでもこうして贖罪を続けてるだけでも、充分立派なことじゃねえの？

美里：そっか、美憂ちゃんって……。炎上を移さないように、あえて私たちとは距離を取ってたんだね……

鹿島：事故の被害者遺族ですが、裁判からの賠償命令なんて出ていませんよ。それでも彼女は私たちにお金を渡してくれてるんです。立派な娘さんですよ。もうそろそろ……自分の人生を送ってもいいんじゃないでしょうか。

パース：そうなのか……？　だとしたら立派すぎるのでは？

美里：つかこのBBA、自分のこと棚に上げすぎじゃない？　殺人犯はどっちだって話!!

ショコラ：ほんとに。なに自分は善人ぶってるわけ？　もうマスコミの情報操作が効いてた時代じゃないんですけど

みしろ：既女民、ここで力を合わせよう。このＢＢＡに好き勝手やらせるわけにはいかない

パース：こいつの勤め先はわかってるんだっけ？

美里：うん。電話かけまくるよ

バルフ：頼もしすぎる。俺も今回ばかりは協力しようかね

リストリア：おお……霧島くん、よく言った！

ゆきりあ：ここで引かない、さすがは伝説の探索者だ！

ディストリア：《50000円　チケット》　よく言ったよ霧島筑紫くん。僕も君の意見に100％賛成だ。自分の道を行き、自分の人生を歩むのだ。他人に左右される必要なんてない!!

詩音：やば、やっぱかっこよすぎでしょ筑紫くん

美里：私もああいうの言われたい～～～～～！

みゅう：いまの霧島くんの声、ループ再生動画希望

リストリア：僕はそこには行けないけれど……応援してるよ筑紫くん。いまや世界中の人々が君の味方だ

バルフ：大丈夫、霧島少年は炎上しないし、ミルちゃんも炎上しねえよ。このＢＢＡがなにもかもおかしいんだ

美里：任せといて、このＢＢＡ、痛い目見せてあげる

第三十話 有名配信者、陰キャとの出会いに感謝する

「ふん……面白くない奴」

弥生はカメラの電源を切ると、近くの地面に乱暴に投げ捨てた。

「いいわ。そこまで言うのであれば、わからせてあげる必要があるでしょう。私に逆らうと――どうなるのかというのをね」

弥生はそう言うと、ステータス画面を操作し、魔導杖《まどうじょう》を出現させる。

相当に高価な武器のようで、彼女からはすさまじい魔力が感じられるが――よもや戦う気なのだろうか。いかに彼女がSランクの探索者といっても、さすがに二対一では分が悪い気がするが……。

俺のその疑問が伝わったのか、弥生が眼鏡の中央部分を押さえて不敵に笑う。

「ふふ、あなたたちも私のことを調べているようだけどね。前に週刊誌に載っていた情報は、半分は合っていて、半分は間違っているのよ」

「なんだって……?」

「あなたのお父さんが死んだのは、ただ単なる男女関係のもつれだけではないわ。彼は驚くくらい正義感に溢れていて……しかも強かった。だからね、知りすぎたのよ」

そう言うなり、弥生は指をパチンと鳴らす。

次の瞬間――彼女の周囲に三人もの男たちが突如出現した。

全員が黒服にサングラスの姿であり、ただならぬ雰囲気が漂っているが……その三人に共通しているることは、剣を携えて俺たちと対峙しているということか。

「こ……これは……」

涙を拭いながら、美憂が怒りのこもった表情で弥生を睨みつける。

「ダンジョン運営省の人間じゃないの……!?　まさか週刊誌の報道をもみ消したのは……！」

「ふふ、そういうことね」

その瞬間に弥生が浮かべた笑みは、俺が生涯見たどんな表情よりも醜悪だった。

「彼は知ってはならないことを知ってしまった。しかもその情報で私たちを追及しようとした。だから私たちの手で……この世から消させてもらったのよ」

――ダンジョン運営省、探索者教育局。

その局長を弥生が務めていることは、以前リストリアからもらった情報で知っている。

主には日本各地に出現したダンジョンの管理を行っていると聞いたことがあるが、その省庁ぐるみでなにかがあったということか……？

「霧島筑紫。今のあなたもお父さんそっくりよ。すごく正義感に溢れていて、自分の利益だけを追求するのではなく、誰かの犠牲にもなれる人。私はそんな彼を心の底から愛していたし、心の底から憎んでいたわ」

そして弥生の鋭い視線が、今度は俺に突き刺さる。

「だから私にとって、あんたはものすごく目障りなの。かつてお父さんにそうしてあげたように――この世から消し去ってあげるわ‼」

「くっ……！」

Sランクの探索者たる郷山弥生に、そしてダンジョン運営省の人間が三人。

いかに《ルール無視》のスキルが強くとも、さすがに一対四では勝てる自信がない。

けれど――。

「任せて筑紫くん。私も戦うから」

構えを取る俺の隣に、剣聖たる美憂が並んだ。

「大丈夫だよ。私たちなら絶対に勝てる。私たちで手を組んで、ダンジョン運営省の不正を世に問おうじゃないの！」

「み、美憂……。もう大丈夫なのか？」

「うん。さっきは慰めてくれてありがと。すごく嬉しかったよ。筑紫くんに出会えて……本当によかった」

そう言って、美憂は一瞬だけ俺の手を握り。

世代を超えた戦いが、幕を開けるのだった。

「クク……ハハハハ……」

俺たちが戦闘の構えを取っていると、黒服のうち一人が笑った。

「愚かなものだな。知識がないというのは、見ていて実に愉快なものよ」

「……なにが言いたいわけ？」

美憂が厳しい目つきで睨みつけるが、しかし男はその眼光にも動じない。

「弥生様、もうお伝えしてもよろしいですか？」

「ええ、いいわよ。どうせこの二人は、生きて帰ることはできないから」

「ふふふ……ありがとうございます」

黒服はニヤリと笑うと、ステータス画面を操作し、茶色のコートのような防具を身にまとった。

他二人の黒服もまた、同じようなコートをまとい始めているな。

「美憂、なんだ？　あの防具は」

「わからない。見たことないよ」

Aランク探索者たる美憂ですら知らないとは、いったいどういうことだ……？

俺たちの困惑顔が嬉しかったのか、黒服の一人が両頬を吊り上げて笑う。

「はっはっは。いくら有名人といえど、貴様らはしょせん一般人。ダンジョンを管理している我らとは、使えるアイテムに差があるのだよ」

「なんだって……？」

「これは〝炎属性の魔法〟を一律に無効化する防具だ。霧島筑紫、貴様は時を止めたり攻撃を無効化したり、厄介な技を豊富に持っているようだが……一方で、攻撃の手段は炎魔法しかない。そうだろう？」

なるほど、そういうことか。

これまでの配信を見て、きっと連中は今日のために対策を練ってきたのだろう。

たしかに配信中、俺は炎属性の魔法しか使っていないからな。

実はここ最近、地属性と風属性の魔法も解禁されたんだが——それの配信はまだなので、連中も知らないままなんだろう。

それにしても……炎属性をすべて無効化するアイテムか。

正直チートとしか言いようがないが、ダンジョン運営省の奴ら、とんでもない防具を隠し持っているようだな。

今は国が独占してダンジョンを管理している関係上、基本的に民間企業はダンジョンに関わっていない。ゆえにダンジョン運営省が甘い汁を吸っているのではないかという報道をたまに見かけてきたが……なるほど、それは本当だったということか。

「しかもそれだけではない！　このエレメンタルミラーコートは、魔法防御も物理防御も急激に高めてくれるのだ！　霧島筑紫、貴様の出番はまったくないのだよ‼」

「……ッ！　筑紫くん、その三人とは私が戦うわ！　だから筑紫くんは……！」

「いや、大丈夫。なんとかなるさ」

そう言いながら、俺は右腕を前方に突き出す。

使用可能な《ルール無視》一覧
・薬草リポップ制限時間　無視
・相手の攻撃力　無視
・炎魔法使用制限　無視
・ＭＰ制限　　無視
・三秒間の時の流れ　無視
・地魔法使用制限　無視
・風魔法使用制限　無視

そうだな……今回は風魔法を使うか。

地属性魔法は高威力ではあるが、基本的に予備動作が長い。ここは無難に風属性を選んでおいたほうがいいだろう。

「クックック、我らの恐るべき防具に恐れをなしたか！　貴様ら一般人ごときでは、どうやっても届かぬ壁というものが――」

「風属性魔法発動。上級魔法、エアリアルゾーン」

「だから無駄だと……え、風属性？」

きょとんと立ち尽くす黒服たちだが、正直もう遅い。

突如としてダンジョン内に発生した竜巻が、一挙に黒服たちを飲み込んでいく。弥生は咄嗟にバックステップで躱したが、それ以外の男たちは容赦なく竜巻に蹂躙され、空中をぐるぐる舞っているのみだ。

「ぬおおおおおおおおっ！」

「なんだこれはぁぁあああああああ！」

「痛い、痛い、やめてくれぇぇえええええ！」

黒服たちがなにかを叫んでいるが、例によって暴風の音でなにも聞こえない。《紅龍・極魔剣》の恩恵で、魔法攻撃力が五千も上乗せされているからな。

この調子が続けば勝てそうではあるが――しかし油断してはならないのも確かである。

あいつらの身にまとっている防具は、魔法防御力も大きく高めていると言っていたもんな。

これでも全然効いていない可能性があるので、連続で魔法を浴びせていく必要がある。

「地属性魔法発動。上級魔法、デスロック‼」

俺は見るも巨大な岩石を発生させると、それを黒服たちめがけて放つ。ファイアボールに比べてノロマな発射速度だが、今、連中は身動きが取れないからな。

高威力な地属性魔法を優先させてもらった。

「──もうひとつ、地属性魔法発動。上級魔法、デスロック」

「最後にひとつ、地属性魔法発動。上級魔法、デスロック」

合計で三つの大岩が、一斉に男たちに襲い掛かった。

「ぐぉおおおあああああああああ‼」

「やめてくれぇえええええ！」

「死ぬぅうううううううう‼」

やはり連中の声は暴風音にかき消されて聞こえないが、岩石は無事に命中させられたようだな。

いくら黒服たちの防具が強力であろうとも、さすがに少しくらいはダメージを与えられたはず。

だが引き続き、油断はできない。

黒服たちの一挙手一投足を見逃さないよう、きちんと観察していないと……！

そんな緊張感とともに身構えていたが、

「……ぁあああああああああああああ……！」

しかし空中から落下してきた黒服たちは、なぜかすっかりボロボロになっていた。

「く、くそ……！　馬鹿な……！」

地面に突っ伏している黒服たちは、全身をぴくぴくさせたまま立ち上がろうとしない。

……いや、もはや動くことすら難しいっぽいな。

一生懸命に立ち上がろうとするも、しかし膝が震えてまた地面に横たわってしまっている。

「ど、どうしたんだ？　なんであの程度でボロボロになってるんだ？」

戸惑いながらそう訊ねると、黒服の一人が血走った目で反論してきた。

「あ、あの程度だと⁉　貴様、我らを侮辱するか！」

「いやいや、侮辱じゃなくて純粋な疑問なんだけど……」

「き、貴様……！　お、覚えて……おけ、よ……」

そのセリフを最後に、黒服たちは完全に気を失ったようだな。ぐったりと地面にうつ伏せになり、もはやぴくりともしない。

「つ、筑紫くん。やっぱり強すぎでしょ……」

美憂までもが呆れ顔だったのが印象的だった。

「ど、どどどどど、どういうことよ⁉　ありえないわ⁉」

弥生までもが素っ頓狂な声をあげ、俺を指さしてくる。

「あんた、魔法は炎しか使えないはずでしょ⁉　どうして他の魔法も使えてるのよ⁉」

「いやだから、よくわからないけど使えるようになってるんだって」

「おかしい……。そんなルール、省庁は定めていないはずなのに……」

弥生はなおもブツブツ言うと、数秒後には表情を引き締める。

大きな魔導杖を空高く掲げるや、なんと空中に浮かびだした。

あの魔導杖も見たことがないから、きっとダンジョン運営省だけに通ずるアイテムということか。空を飛ぶ能力なんて、今まで聞いたことないしな。

「いいでしょう。それならば私みずからが――おまえたち二人を懲らしめてやります。死ぬ覚悟はできているわね⁉」

第三十一話 どこまでもドクズ

「はっ！」

弥生が魔導杖を一振りすると、Ｃ級の魔物、ホワイトウルフが三体出現した。

しかも弥生は使役能力まで持っているのか、その全匹が一斉に俺に襲い掛かってきているな。

……となれば、こちらは取る手段は一つ。

スキル《ルール無視》発動。

扱う能力は《相手の攻撃力　無視》。

「ワォォォォォォォォオオン！」

ホワイトウルフが俺に突進をかましてくるが、もちろん俺には何のダメージも通らない。その隙を狙って風属性の魔法を発動し、三匹同時に遠くへと吹き飛ばした。

「やあああああああああ‼」

そして俺がホワイトウルフに囲まれている隙をカバーするために、美憂が弥生に向かって飛び出していった。その際、ポケットに入っているスマホを少し気にしていたようだが――俺の気にしすぎだろうか。

「ちぃっ！　面倒な……！」

その剣を魔導杖で受け止めながら、弥生が苦々しげな声を発する。

「答えなさい！　筑紫くんのお父さんはいったいなにを突き止めていたの！」

「はっ。馬鹿な小娘！　そんなこと教えるわけがないでしょうが！」

剣と魔導杖で押し合いつつ、弥生が醜悪な笑みを浮かべる。

「ふふふ、でも雄一が死んでいった時の苦しそうな表情は今でも覚えてるわよ？　最後まで私たちを信じてて、仲間に裏切られるなんて思いもしないで……本当に、馬鹿な奴だったわ」

「……あんた、本当に人間のクズね」

「あらぁ、褒めてもなにも出ないわよ♪　ダンジョン運営省の人間を敵にするとこうなるの。あんたも覚えておきなさい」

「……そう」

美憂はそこでなぜかしたり顔で頷くと、大きくバックダッシュをかます。

そして俺の隣に並ぶと、ぎゅっと数秒だけ俺の手を握ってきた。

「美憂、あの作戦いけるか？」

「おけ。任せといて」

俺たちが互いに頷きあっていると、弥生は両手に魔導杖を掲げ、さらに天高く浮かび始めた。

「あははは、なに相談してるか知らないけどね。あんたたちもそこで終いよ。――さあ、これで死になさい‼」

そう言って弥生が出現させてきたのは、なんと新緑龍ウッドネス。

掲示板ではA級の魔物とランク付けされていて、かなりの強敵であることが推察されるが……。

――今だ‼

俺は再び《ルール無視》スキルを発動した。

今回使うのは、ぶっ壊れ能力の《三秒間の時の流れ　無視》。

さっそくその効果が発揮され、俺以外の時間がぴたりと停止する。

この隙を縫って、今度は《炎魔法使用制限　無視》を使用した。

――一秒。

俺は右手を突き出し、炎属性の上級魔法、プロミネンスボルトを放つ。

炎で形成された可視放射のようなもので、その威力はファイアボールとは比べ物にならない。

いくら新緑龍が強くとも、決して看過できぬダメージが通るだろう。

――二秒。

高速で押し寄せていく可視放射が、止まったままの新緑龍を丸ごと包み込む。

ついでにもう一発ほど同じ魔法を放ち、これで確実に仕留められるように仕掛けておく。

――三秒！

「美憂！　今だ！」

「…………！　おっけ！」

《三秒間の時の流れ　無視》によって美憂の動きも止まっていたが、俺の一声によって、作戦実行中なのを悟ったのだろう。

美憂は瞬時に猛ダッシュをかまし、魔導杖を高く掲げている弥生へ一気に距離を詰める。

ちなみに新緑龍は狙い通りプロミネンスボルトによって倒れてくれたので、進路を阻むものは誰もいない。

「な……!?　まさか時間を止めた……!?」

弥生もすぐに事態を把握したようだが、しかし身体がついていかないようだ。

魔物を召喚したばかりの隙を、美憂の強烈な斬撃が見舞った。

★

「くっ……。馬鹿な！」

自身の右腕を押さえながら、弥生が片膝をつく。

「ありえない……！　この私が敗れるなどと……！」

「往生際が悪いわね。いい加減負けを認めなさい」

美憂は冷たい声を発しながら、弥生の額に剣の切っ先を突き付ける。

「自慢の魔導杖も遠くに斬り飛ばしてやったわ。これでもう、あなたは何もできない」

「…………」

そこで美憂は自身のポケットをチラ見しつつ、再び弥生に目を戻した。

「さあ、話してごらんなさい！　十年以上も前、筑紫くんのお父さんに、あんたがなにをしたのかを！」

「ふふふ……あははははっ！」

とうとう気が狂ってしまったか。

弥生は片膝をついた視線のまま、なかば投げやりの笑みを浮かべた。

「仕方ないわねぇ……。本当はここまですると怒られちゃうけれど、こんなにも虚仮《こけ》にされた以上、さすがに黙ってはいられないわ」

「なに？　なに言ってるの？」

「なあに簡単よ。ダンジョン運営省にはね、とっておきの実験体があるの」

そう言って弥生は、装備の内ポケットから紅色《べにいろ》の宝石を取り出す。

「危険すぎて、ダンジョン外にも影響を及ぼす可能性があるんだけど……まあ、あんたたちが悪いのよ。この私を虚仮にしたんだから」

ゴォォォォォォォォオオオ……！

その宝石は時を追うごとに輝きを増し、轟音を響かせていく。

刻一刻と、その宝石から邪悪さが伝わってくる……‼

「くっ……！」

美憂がすぐさま宝石を取り上げようとしたようだが、一歩間に合わなかったらしい。

ダンジョン一帯を照らす紅色の光とともに――見たことのない化け物が出現したからだ。

「なん……だ、あれは……‼」

俺も思わず上ずった声を発してしまう。

一言で表現するとすれば、巨大なる影というべきか。身体全体が陽炎《かげろう》のように揺らめき、この世の存在ではないことが一目でわかる。

頭部にあたる部分には紅の目と口があり、そして人間のそれと同じように、手も足もある。俺も今までダンジョン配信の動画を何度も見てきたが、一度も見たことのない化け物だった。

「ふふ、あなたたちもこれでおしまいよ。シヴァーナ、全力を解放なさい」

「グォォォォォォォォオオオ‼」

化け物――シヴァーナがそう叫んだだけで。

この階層一帯が。いや、ダンジョン全体が激しく揺れだした。

天井からいくつもの岩の欠片が落下し、まるでダンジョンが悲鳴をあげているかのようだった。


―――

ディストリア：む……⁉
ゆきりあ：なんだこれ、地震か……⁉
バルフ：なんだか奇妙だよな。ミルちゃんが音声だけの配信をしてて、たぶん弥生と戦ってるんだとは思うが……。

美里：霧島くんたち、弥生には勝ってそうだよね？　それだけは伝わってくるんだけど……。

リストリア：そして弥生が《ダンジョン外にも影響を及ぼす》と言った瞬間にこの大地震か……。これはいったい……。

しーま：くそっ！　できれば実際に確かめにいきたいが、月が丘ダンジョンは遠い……！

ディストリア：ならば良いだろう。僕が出向くとする。

リース：へっ？

ゆきりあ：ディストリアニキ参戦!?

ディストリア：既女くんたち、君たちは引き続きダンジョン運営省に問い合わせを。本件についてSNSで拡散するのもいいだろう。

ショコラ：おっけ！　みんな暇してると思うし、遠慮なく拡散に協力してもらうよ！

レミ：私もミルちゃんほどではないけど、有名な配信者の知り合いいるし。その人に発信してもらおう。

ディストリア：オッケー、それからソラキン氏への告発も忘れないでくれ。彼ほどのインフルエンサーであれば良い具合に拡散してくれるだろう。

バルフ：なんかディストリアニキ、いつもと印象違くね？　一気に〝しごでき〟に見えてきたんだが

ディストリア：ふふ、大切な推しを守るためなら何でもする。それが僕らオタクではないのかい？

バードス：かっけえ

ディストリア：まだまだ時間がかかりそうだから、できればもう一人くらいいてくれると助かるが……どうか霧島少年、ミルちゃん、どうかこの日本を守り抜いててくれ……！

弥生が出現させた謎の怪物――。

それはたしかに最悪の魔物だった。

弥生いわく、すべての魔法を無効化するバリアーが展開されているらしい。

だから俺の魔法ではダメージがまるで通らないし、では物理攻撃で対処しようにも、美憂の攻撃力も事前に計算済みだそうだ。彼女の攻撃力ではダメージが通らないよう調整しているようなので、美憂の攻撃さえまったくの無意味。

あのバリアーを破壊できる圧倒的な攻撃力があれば別だが、そんなものは俺も美憂もすぐには用意できないのだった。

★

一方その頃。

郷山健斗は、変わらず自室のベッドで毛布にくるまっていた。

スマホには現在も、郷山を誹謗中傷するＤＭが断続的に届いてくる。ＳＮＳを見てみても、継続的に自分のことがトレンドに上がるほどだ。

でも……それも致し方ないと郷山は思い始めていた。

当時は弥生に言われるがまま、霧島筑紫をいじめるのが当然だと思っていた。周囲もそんな郷山を持て囃してくれるし、正しいのは自分のほうだと思った。

けれど。

今も届くDMや、SNSなどの意見を見て、郷山は少しずつ自分の愚かさを理解できるようになっていた。

自分だって、現在こんなにも辛いのだ。

それ以上の苦しみを霧島筑紫に与えていたわけだから――しかも郷山のそれと違って、霧島にはなんの非もないのに――これは炎上して当然であると。

こんなに世間からバッシングされてようやく気づくなんて、我ながら馬鹿馬鹿しいと思うけれど。

それでも今回の一件が、郷山の内面を少しずつ変え始めているのは事実だった。


そんな折、郷山は一つの動画を見た。

憧れの《綾月ミル》の生配信。もう彼女に嫌われたことは違いないだろうが、だとしても、ファン魂というのは簡単に消えるものではなかった。

「な……んだ、これは……！」

その生配信にて、郷山は信じられないものを見た。

郷山弥生――なんと自分の母が、その生配信に乱入してきたのだ。

そして彼女の本名を明かすばかりか、その過去を全国の晒しものにした。

挙句の果てには、霧島筑紫の動画出演を取りやめるように言っているではないか。

「マッマ、本当に……」

校長との面談の時、たしかに母は霧島筑紫を陥れようと言っていた。そしてそのために、必要とあらば綾月ミルのことも蹴落とすのだと。

……でも。

こんなことは間違っている。

仮にこれで郷山の炎上がおさまったとしても――おさまるようには思えないが――母の行動が正しいとは思えない。明らかにやりすぎているとしか思えない。

それは間違いなく、郷山が母に対して疑念を抱いた、初めての瞬間だった。

しかもそれだけでなく、現在も音声だけの生配信が動画投稿サイトに公開され続けている。そこで母親は霧島たちと戦い――そして彼らをピンチに陥れている。

「なんで……こんなことを……」

母は強い。

Sランクの探索者としての実力はあるし、目的達成のためなら手段を厭わない人だ。

だから今までも、郷山は母に歯向かうのだけは絶対にしなかった。

──すまないが、あんたの提案は却下だ。炎上しようがしまいが、俺は自信を持って……自分の信じる道を歩む。俺は彼女とともに生きる日々を選ぶ‼──

しかしそんな時、霧島の言葉が脳裏に蘇ってくるのだった。

あいつだって炎上するのは怖いはず。それでもミルとともに戦う選択をし、今でも命がけの戦闘を繰り広げているのだ。

自分は……このままでいいのだろうか。

そう思った時、郷山は炎上後初めて──自分の家を出る決意ができたのであった。

ミルの配信を見ていたので、舞台が《月が丘ダンジョン》だということはわかっている。自宅からなら充分、間に合うはずだ──！

★

一方その頃。

「おおおおおおおおおおおおおおおおおおおおおおおおおおおっ！」

シヴァーナと戦っている際、俺は聞き覚えのある叫び声を聞いた。

月島高校にて、毎日嫌というほど聞いてきた声。

耳にするだけで恐怖感が湧き起こってくる声。

その声の主を判別した瞬間、面倒な敵が割り込んできたと思ったが――違った。

「だあああああああああっ！」

背後から現れた声の主――郷山健斗は、なんとシヴァーナに向けて豪快に大剣を振り下ろすではないか。

「ギュアアアアアアアアアアアアアアアッ！」

そしてそういえば、あいつの所有スキルは《攻撃力アップ（特大）》。

物理的な火力でいえばトップクラスであり――このとき初めて、シヴァーナが明確な悲鳴をあげるのだった。

「は……？　え、どうして……？」

思わず困惑する俺だったが、それ以上に驚いていたのが弥生だった。

「あ、あんた！　なにやってんのよ！　攻撃する相手が間違ってるでしょ！」

相当に慌てふためいているのか、続けざまに言葉を発し続ける弥生。

「あんたは私の言うことだけ聞いてればいいの！　さあ、早く霧島筑紫を攻撃なさい！　シヴァーナと力を合わせれば、その二人に勝てるはずよ！」

「あんたなんて一人じゃ何もできないんだから、私の言うことを聞きなさい‼」

「――うるせぇ‼」

しかし郷山は、そんな母の言葉を一喝する。

「俺はもう、あんたには従わねえ。俺はあんたの操り人形じゃねえんだ！」

「な……!?」

大きく目を見開く弥生。

「俺の人生は、誰のためでもねえ。俺はこれから、俺の人生を歩む！　おふくろのほうこそ、こんなバカげたことはやめやがれ！」

「なに……？　け、健斗……!?」

息子に歯向かわれたことがよほど衝撃的だったのだろう。

このとき初めて、弥生が明確な動揺をあらわにしていた。

第三十三話　世界中の応援

――郷山健斗。

小中高と俺を苛め続けてきた人間が、この土壇場で助けにきてくれた。

綾月ミルのためなのか、自分の名誉を挽回するためなのか、もしくは――それ以外の理由があるのか。

その真意はわからないが、少なくともこれだけははっきり言える。

圧倒的な防御力を誇るシヴァーナに対して、《攻撃力アップ（特大）》のスキルを誇る郷山の登場はとても助かるということが。

「えっと……その……」

その郷山は、俺を見て目をあっちこっちさせていた。

「駄目だな、俺は……。こういう時、なんて言えばいいのかわからねぇよ……」

「郷山……」

「だからせめて、今は協力させてくれ。俺のスキルなら、あいつのバリアーを壊せるかもしれねえ」

無理だ。

俺はすぐにそう直感した。

たしかに郷山の攻撃力はぶっ飛んでいるが、しかし言ってしまえばそれだけだ。漆黒龍ゲーテの防具を失っていることから、現在は1ランク下の装備を身にまとっており——あいつの攻撃を一撃でも喰らえば致命傷になりかねない。

それはこいつだって、わかっているはずなのに。

シヴァーナの巨体を見て、身体が少し震えているのに。

それでも大剣を構え、俺と美憂を守るようにして立ちはだかっている。

「ガァァァァァァァァァァァァァァァァァァァアアア！」

シヴァーナの咆哮がダンジョン内にて響きわたり、一帯が激しく揺れる。

「ちぃっ……！」

その強烈な音圧を受け、郷山は左腕で自身の顔面を庇った。

「はは……やべぇなありゃ。おふくろの奴、なんであんな化け物を出してやがんだよ」

「あんた……ほんとに行く気なの？」

美憂の投げかけに対し、郷山はぎこちない笑みを浮かべてみせる。

「ああ。そうでもしなきゃ……俺のやった罪は消えねえ。たとえ俺が死んだって、あんたらは生き残ってくれよ」

「………」

「——ふふ、よく言ってくれたな少年。いや、破壊神くんというべきかな」

また新たな人物が現れたようだ。

やや灰色がかった長髪が、腰のあたりまで伸びている。大きな黒縁眼鏡をかけ、上下ともに黒色のジャージを身に着けているな。

どことなくミステリアスな雰囲気を漂わせる女性だが――俺は、あんな人と会ったことはない。

「おやおや、なにを驚いているのかな。我がハンドルネームはディストリア。ミルちゃんと霧島少年の、一番の推しだよ」

「「は……⁉」」

俺と美憂と郷山が、いっせいに驚きの声を発した。

「嘘⁉　ディストリア氏って、女の人だったの⁉」

やはり一番仰天しているのは美憂なんだろう。

自信満々に立ち振舞うディストリアに向けて、引き続き困惑の表情を浮かべている。

「その通り。なぜかコメント欄ではディストリアニキと呼ばれているのだがね。僕自身は性別を公にしたことは一度もないよ」

「………で、でも、ここに来てくれたってことは、ディストリア氏も助けに……？」

「しかり。我が拳をもって、巨悪を成敗しに馳せ参じた。……そしてミルちゃんや霧島少年、君らを応援しているのは、なにも僕だけではないのだよ」

そう言って、ディストリアはポケットからスマホを取り出した。

「さあオタクの諸君！　君らの声を霧島少年とミルちゃんに届けるのだ！　僕らオタクにできることはなんだ‼　ここぞという時に、推しを守ることだろう‼」
なんと美憂がこっそり生配信を行っていたのか、そこには――温かい言葉の数々が並んでいた。

――

ゆきりあ：《５００００円　チケット》　頑張れ！　ミルちゃんと霧島くんのこと、心の底から応援してるからな！
ぱーろむ：《５００００円　チケット》　霧島少年！　最初君のことをチー牛と言ってしまったが、あれは撤回させてくれ！　君こそが英雄だ！　伝説の探索者だ！
リストリア：《５００００円　チケット》　たとえ遠くからでも、僕は君たちのことを応援している！　炎上のことなんか気にするな！　きっと世間は、君らの美しい心を見てくれている！
バルフ：《５００００円　チケット》　ファイト！　二人の勇姿、ソラキン氏にも取り上げられてるぞ！

美里：《５００００円　チケット》霧島くん！　弥生の悪行、いま全世界に広めてるから！　そんな奴に負けないで!!

シオン：《５００００円　チケット》霧島くん大好き－！！！！！！！！！！！！！！

メロ：《５００００円　チケット》霧島くん、愛してるよぉぉぉおおおおおおおおおおおお！

むーれす：《５００００円　チケット》破壊神くんも頑張れ！　見直したぞ!!

ら：《５００００円　チケット》よく母親の洗脳から抜け出したな！

ゆーき：《５００００円　チケット》同接十五万超えてるぞ!!　頑張れ!!

――

「あ……」

このコメント欄に対し、真っ先に反応を示したのは郷山だった。

「お、応援されてる……？　俺が……？」

「ふふ、そのようだな。君の勇気と決断が、皆の心を突き動かしたようだよ」

「そんな……。俺、俺、こんなに馬鹿なことばっかりやってきたのに……」

郷山が表情をぐっと崩し、両手で自身の顔面を覆う。

「う、うううううあああああああああああ……‼」

そして年甲斐もなく、大きな泣き声を上げ始めた。

いつも傲慢に思えたこいつの——初めて見る姿だった。

第三十四話　壮大なオフ会

「は、どういうこと？」

俺たちのやり取りを聞いていた郷山弥生が、眉をひそめながら問いかけてくる。

「みんなの心を突き動かしたって……。まさかこれ、配信されてるってこと？」

「ええ、当然」

それに答えたのは美憂だった。

「あんたがシヴァーナっていう化け物を生み出したことから、さっきの地震の原因まで……丸ごと全国に配信されてるわよ。言っておくけど、あんたはもう社会的に終わりだから」

「な、なんですって……!?」

表情を絶望の色に染め上げる弥生。

まあ……無理もない。

俺だって、いつ美憂が配信を再開したのか全然わからなかったからな。戦いの最中にこっそりスマホをいじっていたんだと思うが、そのへんの器用さはもう、さすがは有名配信者といったところか。

「それだけではないな」

続いて厳しい言葉を投げかけたのはディストリア。

「今現在、綾月ミルのファンたちが一斉に動いている。インフルエンサーのソラキン氏に、そしてＳＮＳでの拡散活動……。はっきりいって、おまえはもう終わっているのだよ」

「そんな……ソラキンまで……？」

「そうだ。せめて最後くらい、大人しく――」

「あはは、あはははははははははは‼」

ついにおかしくなってしまったのだろうか。

弥生はいつの間に拾い上げていた魔導杖を掲げると、再び空高く飛び始めた。そしてなにをするかと思えば――再び魔物を召喚しようとするではないか。

「それなら全員まとめて、この世から消し去ってやるわ！　死ね死ね死ね‼」

「…………っ」

どこにそんな力を温存していたのか、弥生が続々と魔物を生み出していく。

ホワイトウルフやゴブリンといった雑魚モンスターから、新緑龍ウッドネスや骸骨王スカルキングなどの中堅・上級モンスターまで。

文字通り見境なしに魔物を生み出し続けている。

「ガァァァァァァァァァァ！」

そして当然、化け物たるシヴァーナも、咆哮とともにこちらへ歩を進めている。

――疑いようもない地獄絵図が、目の前に広がっていた。

「お、おふくろ……」

この光景を見て、郷山もきっと思うところがあるんだろうな。

少し切なそうな――それでいて、力強い瞳で魔物たちと対峙している。

「みんな、少し聞いてほしい」

そんな仲間たちに向けて、俺は小声で話しかけた。

「あのシヴァーナは化け物だが、バリアーを壊しさえすれば、こっちからの攻撃が通るはず。他の魔物たちも倒しつつ――みんなで一斉攻撃をかけて、そのバリアーを破壊したい」

「ふむ、そうだな」

その提案に、ディストリアが深く頷いてくれた。

「破壊神くんのスキルがあれば、あのシヴァーナにも大ダメージを与えられるだろう。私とミルちゃんとで他の魔物たちをあしらいながら、うまく立ち回っていきたいな」

「お……おい、破壊神って言うなよ」

「ん？　なにがおかしいんだ、自分でそう名乗ってただろう」

「…………」

不満そうに唇を尖らせる郷山だが、言い返せなかったようで押し黙ってしまう。

「それで、筑紫くん」

その微妙な空気を、美憂が打ち破った。

「バリアーを壊したあとは、筑紫くんの魔法でトドメを刺すってわけね？」

「うん、そうだね。炎属性の魔法には、溜め時間が長い代わりに高威力な大技があったはずだ。

それでトドメを刺したい」

「おっけ、そしたらその作戦でいきましょう」

美憂のその発言を皮切りに。

俺たち四人は、真剣きわまる表情で魔物たちと対峙した。

俺の獲物は《紅龍・極魔剣》、美憂も剣、そして郷山は大剣。

そして――。

「ディストリア氏、まさか武器なしで戦うの？」

「ふふふ、ミルちゃんよ。僕は武器を使わない。拳と拳で語り合うのが、僕の流儀といったところなのさ」

「そ、そう。すごいわね」

「さあ、それでは始めようじゃないか。正真正銘、最後の戦い――もとい、ミルちゃんと霧島少年を取り囲むオフ会をね!!」


「はぁぁあああああああ！」

謎の視聴者、ディストリア。

彼女が最初戦うと言ってくれた時はどうなるかと思ったが、実際に参戦してもらうと……なかなかどうして、想像以上の強者だった。

「はっはっは！　その程度かね諸君!!」

実に高らかな笑い声をあげながら、襲い掛かる魔物たちを一網打尽にしているのである。

美憂もさすがの腕前で魔物たちを蹂躙しているし、この二人についてはなんの心配もいらないだろう。いくら弥生が強い魔物ばかりを召喚しているといっても、彼女たちなら対処できるはずだ。

そして問題は……。

「くおっ……！」

シヴァーナの両目から放たれる光線を、郷山は懸命になって避け続けている。

以前の戦闘において、あいつは自慢の防具を失ったばかり。

現在は二軍の装備を身に着けているのか、漆黒龍ゲーテよりも明らかに見劣りする防具で全身を守っている。おそらくシヴァーナの攻撃を一撃でも喰らってしまえば、致命傷は免れないだろう。

美憂とディストリアがちらちら郷山のことを気にかけているが、危なっかしいのには変わりなかった。

それでも。

「ぬぁぁぁぁあああああああ！」

郷山はシヴァーナの隙を見つけるや、果敢に飛び出していった。

そして横一文字に振り払った大剣が、的確にシヴァーナの胴体を捉える。

「ギュアアアアアアアアア！」

さすがは《攻撃力アップ（特大）》を持っているだけあって、かなりのダメージが通ったようだ。シヴァーナは大きく後方によろめきながら、痛々しい悲鳴をあげる。

――が、それが逆に、敵の怒りを買ってしまったらしい。

「グガァァァアアアアア‼」

すぐさま体勢を立て直したシヴァーナが、その右手を郷山の全身に打ち付ける。

「ご、郷山！」

俺は今までの迫害を忘れて、あいつの名を叫んでいた。

あの攻撃は――もはや見間違えようはずもない。

文句なしのクリーンヒット。

あの防具でそんなものを喰らってしまっては、もはや無事では済まないだろう。

「くぁあああああああ！」

大きなダメージを喰らった郷山が、魔法の準備を整えている俺の傍まで吹き飛ばされてきた。

懸念した通り、やはり致命的な傷を負ってしまったらしいな。防具の大部分は無惨に破壊され、そして全身のあちこちからは血が垂れてしまっている。

「く……ぐぐ……」

「お……おい、大丈夫か！　さすがに撤退したほうが……」

「い、いや……。大丈夫だ……」

しかし郷山はゆっくり立ち上がると、なんと再びシヴァーナの方向を見据えるではないか。

「こうでもしねぇと、償いの一つにもなりゃしねぇ……。おまえは、この痛みをずっと負ってきたんだよな……」

「………」

「改めて言わせてくれ。――今まで、本当にすまなかった」

「ご、郷山……」

「安心しろ。死ぬにしても、あいつのバリアーを破壊してからにするさ。このあとのことは頼んだぜ……霧島」

郷山は俺に頷きかけると、再びシヴァーナに突進していく。

肉体的にはとっくに限界を迎えているはずなのに、とんでもないスピードだった。

「だぁぁぁぁぁぁぁぁぁぁぁあああああ‼」

そのスピードを乗せた強烈な一撃を、シヴァーナに容赦なく見舞う郷山。

文字通り、命を賭けた渾身の攻撃だった。

――パリン。

その決死の覚悟が届いたのか、これまでシヴァーナを覆っていた薄いベールが、大きな破砕音とともに壊れた。

「今よ筑紫くん！　最後のトドメを‼」

「了解！」

見れば、状況を察したであろうディストリアが郷山を背負い、安全な場所に避難させている。

美憂も遠くに移動しているようだし、これならばなんの問題もないだろう。

炎属性、最上級魔法――プロミネンス・エクスプロージョン。

その瞬間、天から舞い降りてきた一筋の火柱がシヴァーナたちを飲み込み――その瞬間、すさまじい大爆発を発生させた。

第三十五話　迷惑系配信者、渾身の煽り

「そ……そんな……」

郷山弥生は弱々しい声を発すると、その場で両膝をついた。

魔物を召喚しようにも、もうMPを切らしているのかもしれないな。魔導杖を握ったまま、もはや身じろぎもしない。

「信じられない……。わ、私が負けるなんて……」

「これで終わりね。郷山弥生」

そんな彼女に話しかけたのが、綾月ミル――あらため、綾月美憂。

「さっきも言った通り、あんたの悪行はもう全国に知れ渡ってる。もう隠蔽のしようがないほどに燃え上がっているのよ」

「く………」

「大人しく投降なさい。ここまでの出来事があった以上、きっと警察も……」

「ふ、ふざけるんじゃないわよ！　どうして私なんかが！」

しかし悲しいかな、こいつは異様にプライドが高いんだろう。

弥生は自分の息子を指さし、血走った瞳で叫んでみせた。

「なにもかもあんたが悪いのよ！　あんたさえ余計なことしなければ、シヴァーナのバリアーも壊れなかったのに‼」

「お、おふくろ……」

　ちなみに現在、郷山はディストリアに肩を貸してもらっている状態だ。

「んなこと言ってもよ……俺はおふくろのやったことが正しいとは思わねえ。どう考えたって、間違ってるのはあんたのほうだろ」

「あ、あんた……。私に口答えをするなんて、ずいぶん偉くなったみたいね……！」

　俺には郷山家の事情はよくわからないが、この感じだと、弥生は文字通り《毒親》だったようだな。

　幼い頃から郷山に理不尽な命令をし、気に喰わなかったら頭ごなしに怒鳴る。そんな家の状況が、今のやり取りからも透けて見える。

「ふん。おおかた、霧島の《自分の人生を生きる》って言葉に感化されたんだろうけどね。あんたなんか、私がいないとろくに生きていくことも……」

「――おっと、取り込み中のところすまないのだがね。いい加減黙ってもらえるかな」

　険悪な雰囲気をふいに打ち破ったのはディストリアだった。

「……僕は君のような、仁義にもとる人間は大嫌いでね。頼むから、黙っていてくれないかな？」

「うっ……！」

ディストリアの発するとんでもない圧力に押されたか、弥生が一瞬だけたじろぐ。

「それにね、ミルちゃんも言っていただろう？　もうチェックメイトなんだよ」

「チェックメイト……？」

弥生がオウム返しに呟いた、その瞬間。

「郷山弥生‼」

ふいに大勢の人間がこの場に駆けつけてきて、弥生を一斉に取り囲んだ。

「多くの住民らから通報を受けた。貴様を《ダンジョン内暴行罪》で現行犯逮捕する‼」

「は……？　た、逮捕って……」

「大人しくしろ！　暴れるんじゃないぞ‼」

「うっ」

いきなり現れた警官に手錠をかけられ、無理やり立ち上がらされる弥生。

本当は《ダンジョン内暴行罪》だけじゃなくて、他にも沢山の罪があるはずだけどな。ひとまずはこの罪をもって拘束するということか。

そして、それだけではない。

同じくリスナーから情報提供を受けたのだろうか、記者と思わしき人間たちが大勢こちらに押し寄せてきている。しかも用意のいいことに、護衛用の探索者も数名混じっているな。ここ月が丘ダンジョンにはそれほど大勢の魔物は出没しないものの、念のための安全策ということか。

パシャ。

パシャパシャパシャパシャパシャ！

手錠をかけられている弥生の姿を、カメラマンたちが容赦なく撮影し続ける。

「や……やめなさい。こんなみっともない姿を、全国に晒すなんて……！」

「ぐずぐずするな！　しっかり立て！」

「うがっ……」

いまだに抵抗する弥生だが、警官に姿勢を正され、無様な恰好を世間に晒している。

しかも――。

「ほらほら、見てください！　あいつが郷山弥生です！　なんと、ダンジョン運営省の局長なんですって！」

「うわぁあああいつが例のＢＢＡ！　気持ち悪いですねぇ〜〜〜〜〜！」

「ねぇねぇ弥生ちゃあああん？　今どんな気持ち？　今どんな気持ち？　ねぇねぇ、隠蔽できないねぇ？　ねぇねぇねぇ？」

他の配信者にとっても、この瞬間は恰好のネタなんだろうな。

煽り系の動画投稿者たちも含めて、とんでもない数のインフルエンサーがこの場に集まっている。

「や、やめなさい……。う、映さないで……？　やめて……？」

「えええええええ？　今さら泣き言いっちゃうんですかぁぁぁぁぁああ？　自分は人の命奪ってお

いて、ピンチになると泣くんですかぁぁぁぁぁぁあ？　クズでちゅねぇぇぇぇぇぇぇ？」

……こりゃすごい。

一種の迷惑系配信者なんだと思うが、とんでもない煽り方だな。

プライドの高い弥生にとっては、きっと耐えられもしないだろう。

「く、くぅうううう……！　こんな、こんなはずじゃ……！」

「うるさい！　きりきり歩け！」

警官に無理やり引っ張られ、ダンジョンの出入り口へと消えていく弥生だった。

第三十六話 新たな能力が化け物すぎる

事態は収束に向かった。

郷山弥生は無事に逮捕され、今は厳しい取り調べを受けているところだろう。

ニュースによると、弁護士がくるまで黙秘を続けているらしいが——いずれにせよ、今後なんらかの情報が舞い込んでくることは間違いないはずだ。俺にできることはもうないので、とりあえず新しい報道を待つしかない。

今回の件を受けて、ダンジョン運営省にも大掛かりな捜査が入ると見込まれる。

炎属性の魔法を無効化した防具といい、現実世界にも影響を与えたシヴァーナといい、色々ときな臭いことがありそうだからな。

美憂がばっちり音声動画に収めてくれた以上、もはや言い逃れは不可能。

今もときおり、与野党がダンジョン運営省を厳しく追及しているニュースが放送されているからな。情報が明らかになるのは時間の問題だろう。

そしてもう一つ。

配信中に美憂の過去が晒されてしまった件についてだが——こちらは炎上せずに事が済んでいる。

なんと配信当時、事件の被害者遺族がコメント欄に登場したらしく……。

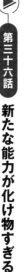

そもそも賠償金の支払いを命じられていないこと、それでも償いのために美憂が多額のお金を振り込んできてくれたこと、そしてそろそろ、自分の人生を歩んでほしい旨を書き込んでいたらしい。

その情報が本当に正しいのか、懐疑的な声もあるにはあったけどな。

ネット民たちが調査したところによると、少なくとも、賠償金の件は本当だということがわかっている。

つまり美憂が無茶な配信をしていたのは、たとえ遺族へ支払う必要がなくても、過去を償うためであり――。

もともと美憂自身にはあまり責任がない事件ということもあって、彼女はまったく炎上していない状態だ。

一方で、郷山健斗のほうは少し複雑である。

土壇場で助けにきてくれたとはいえ、もともとひどい苛めをしていた張本人だからな。

彼を全面的に許そうとする声もあれば、なかなかそれを認めようとしない声もある。

あいつが戦いに割り込んできた時も、美憂による配信が行われていた最中だ。少しでも汚名を返上するために、我が身可愛さで特攻してきたのだという声もある。

――しかしまあ、こういった批判的な意見も、今の郷山は丸ごと受け入れているっぽいな。

たった一度命を賭けたくらいで、自分が許されるわけがない……。

そんなふうに受け止めているようである。

俺自身、郷山にどんな心変わりがあったのかは全然わからないけどな。それでも数日前に比べれば、あいつの瞳から淀みが消えているのだけは伝わってくる。

そして。

俺の《ルール無視》スキルについても、弥生との戦闘後、新たな変化が生じた。

自宅のベッドに寝転んでいると、なんと視界に次のような文字列が表示されたのだ。

戦闘経験につき、新たな《ルール無視》が追加されました

・薬草リポップ制限時間　無視
・相手の攻撃力　無視
・炎魔法使用制限　無視
・ＭＰ制限　無視
・三秒間の時の流れ　無視
・地魔法使用制限　無視
・風魔法使用制限　無視
★ダンジョン外での能力制限　一時無視

——ダンジョン外での能力制限　一時無視。

これを字面通りの能力だと捉えるならば、今後、ダンジョン外でも魔法を使えたり時を止めたりすることができるんだろう。

ただひとつ気がかりなのが、あくまで一時無視と記載されているところか。

無暗やたらと扱えるものではなく、実際にスキル名を心中で唱えても何も起こらない。

もちろん意味のない能力とも思えないので、これについても追々探っていく必要があるだろう。

そんなふうに、あの激闘によって生じた疲れを癒していた日曜日。

美憂から「会いたい」というロインが届いているのだった。

★

美憂の父親が暴走事故を起こしてから、もう十年近く経つのか。

それまでごく普通の家族だった綾月家は、その日から一気に崩落したらしい。家庭からは笑顔が消え、生活の余裕もなくなり、マスコミには連日押しかけられ続け……。

さすがに今は当時より落ち着いたということだが、あの事件の爪痕は、いまだに綾月家に残り続けている。美憂が有名配信者となった今も、彼女の母はその収入に頼りきることなく、二つの仕事を掛け持ちしているのだという。

娘にすべての責を押し付けるわけにはいかない――。

そういった理由から、母親自身もできるだけ、自身の収入を増やそうとしているようだ。

「……考えてみれば、私が配信者を始めたのもそういう理由だったと思う」

夜七時。

彼女の自室内にて、俺と美憂はテーブルを挟んだ向かい側に座っていた。今日も彼女の母親は仕事があるらしく、今はこの二人だけが家にいる形となる。

「お母さんがいっぱい仕事するようになって……。たまに体調崩しても、それでも毎日のように仕事に出かけていて……。せめて私も、お母さんの力になりたいって……。ずっとそう思ってたんだ」

しかし学生である以上、お金を稼ぐ手段には限界がある。

一番無難なのはアルバイトだが、それでは多くの収入を期待することはできない。被害者遺族に償うためにも、そして母親のためにも、もっと大きなお金が必要だと判断した。

そんな折に思いついたのが、動画配信だったらしい。

再生回数に応じて収益が入るという仕組みは、当時の美憂にとってかなり魅力的だったという。

実際、すでに有名になっている配信者のなかには、美憂とさして年齢の変わらない少年少女もいるからな。

有名人になれるのはごく一握りだし、簡単には成功できないのもわかっているが――。

それでも……毎日のように頑張っている母親を見て、なにもしないわけにはいかない。

そんな思いから、ダンジョン配信を始めたのがきっかけだったようだ。

「ふふ、今思い出すと懐かしいけど……当時からダンジョン配信者系のネタが流行ってたのよね。それに乗っかってみたら大当たりして、私も運よく《剣聖》スキルを授かれて……。そこからはがむしゃらな毎日だったな」

……たしかにそうだったかもしれない。

突然《綾月ミル》なる配信者が動画投稿を始めたと思ったら、すさまじい更新頻度で動画を上げていくのだ。

しかも回数を重ねるごとに編集スキルも上達しているわけだから、ディストリアを初めとするファンが誕生するのも当然といえた。

「だからね……私、筑紫くんに謝らないといけないことがいっぱいあって」

「え、いっぱい……？」

「うん」

美憂はそこで数秒ほど間を置くと、意を決したように俺を見つめて言った。

「まずは郷山からのいじめのこと、見て見ぬふりをしててごめん。クラスが違くても、助けることはできたはずなのに……」

いうか。

「いやいや……駄目っていうか、ちょっとびっくりしてさ……」

そんなこと、今さら気にしていないのに。こうしてわざわざ謝ってくるあたり、美憂らしいと
「だ……駄目、かな？」

「…………」

「見て見ぬふりっていうか、美憂は俺だけじゃなくて、みんなのことを避けてたんじゃないかな。

俺と違って陽キャなのに、あまり友達と関わらないで」

「…………」

「それは自分が配信者で、過去の事故のことがバレたら一緒に炎上しちゃうから……。っていう
ことだと思ったけど、違う？」

「…………」

「だから、これに関して俺が恨む理由はない。むしろ今まで、よく一人で頑張ってきたよ」

美憂はそこでたっぷり数秒ほど、目をぱちくりさせた。

「あ、あはは、参ったなぁ……。そこまでお見通しなんて」

機先を制されたかのように、片頬を掻く美憂。

まあ、伊達にずっと陰キャをしていないからな。

特に学校ではすることもないので、自然とクラスの人間観察が得意になる。

「……そしたら、これが本当の〝ごめん〟だよ」

ややあって、美憂が再び口を開いた。

「筑紫くんの言う通り、私は教室の隅っこで過ごすようにしてた。友達と一緒に遊びたくても、過去のことで迷惑をかけるかもしれなかったから。だからずっと我慢してたのに……筑紫くんとだけは関わりを持ってしまった。そのせいで、筑紫くんも一緒に炎上しかけることになって……」

「…………」

「結果的に燃えなかったからよかったけど、これは絶対いけないことだよ。……本当に、ごめん」

「…………」


──最近、彼女もなんか焦ってるみたいで……。昨日の緊急モンスターの時みたいに、無茶な配信をやりがちなんですよ──

──だからどうか、彼女を支えてあげてほしいんです。きっとあなたがいれば、ミルちゃんも安全でしょうから──


その時ふいに、かつて誰かに投げかけられた言葉が脳裏に蘇った。

たしかこれは……美容師に投げかけられた言葉か。

日数的にはそう昔のことではないのに、あれからもう、ずいぶん長い時間が経ったように感じられる。

それはきっと、ここ数日間が、俺にとっても濃密なもので。

彼女と出会ってからの日々が、本当に有意義だったからこそか。

「はは……なんだよ。美憂らしくないな」

そんなことを思いながら、俺は笑みを浮かべる。

「俺に自信を持ってほしいって言ってくれたのは、ほかならぬ美憂じゃないか。気にしなくていいんだよ、そんなこと」

「え……」

「そのことも、だいたいの理由は察してるさ。あまりこう言いたくはないんだけど……美憂は最近、視聴回数が伸び悩んでいた。だから視聴者を取り戻すためのなにかが、ずっと欲しかったんじゃないのかな？」

美憂にとって、視聴回数の減少は文字通り命取り。

被害者遺族に償うこともできなくなるし、母親の負担を軽減させることもできない。

ゆえに彼女としても、自分の殻を破ってでも――俺に声をかけざるをえなくなった。それはかつて、自分の身体と引き換えに、俺に動画出演を頼んできた姿とも重なる。

「だから俺は……謝らないでほしいんだ。俺だって美憂のおかげで変われた。美憂に会えてよかったって……本気でそう思ってるから」

「あ……」

その瞬間、彼女の頬がほんのり桜色に染められた。

しばらくの間、沈黙が広がった。

俺の発言をどう捉えたのか、美憂は数秒間たっぷり、黙ったまま何も口にしない。しかしこの静寂が気まずいわけでもなく、どこか心地よいような――不思議な感覚を俺は抱いていた。

「ありがとう、筑紫くん……。私こそ、あなたに出会えて本当によかった」

「はは、こちらこそ」

綾月美憂――いや、綾月ミルといえば、誰もが知る有名配信者だ。

彼女のファンはそれこそ大勢いるし、彼女とお近づきになりがたっている男はそれこそごまんといるだろう。

そんな彼女の部屋にお邪魔するだけでなく、こうして普通に話をすることができるなんてな。

正直に言えば、夢のような毎日だった。

そしてできれば、そんな彼女ともっと一緒にいたいと……俺は考え始めるようになっていた。

今までは「自分とは絶対に釣り合わない」と恐縮していたところだけどな。

ここもまた、彼女と出会って変わった部分かもしれない。

たとえ周囲に心ない言葉を浴びせられようとも、たとえ理不尽な暴力を受けようとも、俺は俺の進みたい道に進む。それを阻む権利は誰にもないと……今こうして、ようやくわかった気がするから。

と。

「……決めた！　私もこれからは好きなことをしていくわ！」

いきなり両頰をパチンと叩いた美憂に、俺は呆気に取られる。

「え？　どういうこと？」

「弥生との配信のあと、被害者遺族の方からお便りが来たのよ。充分にお金は払ってもらったから、もう気にしないでほしい。自分の人生を歩んでほしい……って」

「あ……」

「ほんとはこの事件がある前から、ちょくちょく同じようなメッセージはあったんだけどね。だけどそれに甘えちゃいけないって思って……収益のほぼ全部を渡してたの」

収益のほぼ全部とは、さすがにすごいな。

美憂なら相当の金額を稼いできただろうし、そのほぼ全額を渡していたというならば、たしかにかなりの大金になるはずだ。

しかも彼女はまだ高校生。

事件を起こした張本人ではないという点を鑑みても、彼女はたしかに、もう赦されていい頃合いなのかもしれないな。

「わかった。美憂がそう言うなら、俺も止めないよ。これから一緒に、チャンネルのパートナーとして頑張っていこう」

「うん。ありがと……！」

嬉しそうにはにかむ美憂。

「それでね、これからなんだけど、まずはダンジョン運営省の闇を暴いていこうって思ってる。視聴者からのコメントやDMでも、そんな感じの要請が届いてて」

「ダンジョン運営省の闇を暴露か……いいかもな」

単に視聴者が知りたがっていそうというのもあるが、あの時の弥生との戦いは、明らかに普通じゃなかった。

炎属性の魔法を無効化する防具なんて、そもそも世には一つも出回っていない。

そして現実世界にさえ干渉を及ぼしたシヴァーナは、いくらなんでも常識の範囲を超えている。

あの弥生を見てみても、ダンジョン運営省全体がよからぬ企みを抱えているとしか思えないよな。

幸いなことに、調査の手がかりとなるようなDMもいくつか届いている。

それを元にして、ダンジョン運営省の闇を暴いていくこともできるはずだ。

「あ……あと筑紫くん。もうひとつ伝えたいことがあって」

「ん？」

「チャンネルのパートナーとして、っていうのももちろんだけど……。それだけ？」

「そ、それだけっていうのは？」

「む〜鈍感……！」

なんだか悔しそうに頬を膨らませる美憂。

しかしそれに負けじと（?）、数秒も経たないうちに口を開いてきた。

「な、なんかね、前々からビジネスカップルが流行ってるみたいでさ。まずはそこから始めてみるのはどうかな〜って」

「ビ、ビジネスカップル？　それで視聴者を増やすってこと？」

――ビジネスカップル。

一般ではあまり聞き慣れない言葉ではあるが、要はカップルであることを売りにしている動画チャンネルだ。

カップルにとっての〝あるある動画〟を実演して投稿すれば、たとえば交際前のじれじれに尊さを感じることもできるし、男女が付き合うことの共感を呼ぶこともできる。

そういった意味合いから、ビジネスカップルのチャンネルが一定以上の人気があるのは確かだ。

「そうそう。ある程度のニーズはあるし、それに余計なお邪魔虫も潰すこともできるし……」

「そ、そっか……」

なんだかセリフの後半部分はよく聞き取れなかったが、それで視聴者を増やせるなら悪い話ではない。

ダンジョン運営省の闇を暴いていくにあたって、リスナーは多いに越したことはないだろう。

「でも、いいの？　俺なんて全然経験ないから……うまくいくかわからないけど」

「大丈夫よ大丈夫。私だって全然経験ないから！」

「そっか。それならまあ……いいのか？」

「いいのいいの、いいんだよ！　はい、決定ね♪」

なぜか嬉しそうに俺の両手を取り、ぶんぶん振り回す美憂。

後で振り返ってみると、二人とも経験ないのにビジネスカップルのチャンネルをうまく運営できるはずもないんだが……そう、この時はまったく気づけなかったのである。

「――臨時ニュースです、臨時ニュースです。今日午後四時頃、茨城県つくば市にて、不審人物が通行人の男性に襲い掛かる事件が発生しました。通報によってかけつけた警察官が無事に取り押さえましたが、その不審人物は、ダンジョン内で見かける《ゴブリン》に類似しているとのことです。警察は今後、詳しい調査を進めるとしていて――」

本書に対するご意見、ご感想をお寄せください。

あて先

〒162-8540 東京都新宿区東五軒町3-28
双葉社　モンスター文庫編集部
「どまどま先生」係／「もきゅ先生」係
もしくは monster@futabasha.co.jp まで

ダンジョン配信《はいしん》を切《き》り忘《わす》れた有名配信者《ゆうめいはいしんしや》を助《たす》けたら、伝説《でんせつ》の探索者《たんさくしや》としてバズりはじめた～陰《いん》キャの俺《おれ》、謎《なぞ》スキルだと思《おも》っていた《ルール無視《むし》》でうっかり無双《むそう》～

2023年10月31日　第1刷発行

著　者　どまどま

発行者　島野浩二

発行所　株式会社双葉社

〒162-8540　東京都新宿区東五軒町3番28号

［電話］03-5261-4818（営業）　03-5261-4851（編集）

http://www.futabasha.co.jp/（双葉社の書籍・コミック・ムックが買えます）

印刷・製本所　三晃印刷株式会社

［電話］03-5261-4822（製作部）

ISBN 978-4-575-24686-5 C0093

Mノベルス
魔王様、リトライ！
神埼黒音 Kurone Kanzaki
[ill] 飯野まこと Makoto Iino
Maousama Retry!
どこにでもいる社会人、大野晶は自身が運営するゲーム内の「魔王」と呼ばれるキャラにログインしたまま異世界へと飛ばされてしまう。そこで出会った片足が不自由な女の子と旅をし始めるが、圧倒的な力を持つ「魔王」を周囲が放っておくわけがなかった。魔王を討伐しようとする国やら聖女から狙われ、一行は行く先々で騒動を巻き起こす。見た目は魔王、中身は一般人の勘違い系ファンタジー！
発行・株式会社　双葉社

モンスター文庫

どまどま
画 福きつね
「おい、外れスキルだと思われていた
チートコード操作が化け物すぎるんだが。」
1
18歳になると誰もがスキルを与えられる世界で、剣聖の息子アリオスは皆から期待されていた。間違いなく《剣聖》スキルを与えられると思われていたのだが……授けられたスキルは《チートコード操作》。前例のないそのスキルはゴミ扱いされ、アリオスは実家を追放されてしまう。だがその外れスキルで、彼は規格外なチートコードを操れるようになっていた！　幼馴染の王女もついてきて、彼は新たな地で無自覚に無双を繰り広げていく！
モンスター文庫

発行・株式会社　双葉社

モンスター文庫

農民関連のスキルばっか上げてたら何故か強くなった。

Noumin Kanren No Skill Bakka Agetetara Naze ka Nazeka Tsuyoku Natta.

1

しょぼんぬ

ILLUST 姐川

超一流の農民として生きるため、農民関連のスキルに磨きをかけてきた青年アル・ウェインは、ついに最後の農民スキルレベルをもMAXにする。そして農民スキルを極めたその時から、なぜか彼の生活は農民とは別の方向に激変していくことに……。最強農民がひょんなことから農民以外の方向へと人生を歩み出す冒険ファンタジー第一弾。

モンスター文庫

発行・株式会社 双葉社

モンスター文庫

1
小鈴危一
Illust.夕薙
最強陰陽師の異世界転生記
~下僕の妖怪どもに比べてモンスターが弱すぎるんだが~
仲間の裏切りにより死に瀕していた最強の陰陽師ハルヨシは、来世こそ幸せになりたいと願い、転生の秘術を試みた。術が成功し、転生した先はなんと異世界だった！　魔法使いの大家の一族に生まれるも、魔力なしの判定。しかし、間近で目にした魔法は陰陽術の足下にも及ばなくて――極めた陰陽術と従えたあまたの妖怪がいれば異世界生活も楽勝！　歴代最強の陰陽師による異世界バトルファンタジーが新装版で登場！　30頁超の書き下ろし番外編も収録。
モンスター文庫

発行・株式会社　双葉社